Una Librería en el Bosque

1.ª edición: abril de 2025
1.ª reimpresión: noviembre de 2025

Los grabados pertenecen a:
Monstrorum historia, cum Paralipomenis historiae omnium animalium,
de Ulisse Aldrovandi, 1642
Brevis & admiranda descriptio regni Guianae, de sir Walter Raleigh, 1599
Arte subtilissima, por la qual se enseña a escreuir perfectamente, de Juan de Yciar, 1550

Valentín Beato, 21. 28037 Madrid
www.anayainfantilyjuvenil.es

Director editorial: Pablo Cruz
Editora: Carlota Echevarría
Asistente editorial: Mercedes González Grande
Diseñadora: Lola Rodríguez Soler

ISBN: 978-84-143-4232-9
Depósito legal: M-3940-2025
Impreso en España - *Printed in Spain*

Comunidad de Madrid
Esta obra ha recibido una ayuda a la edición de la Comunidad de Madrid

PAPEL DE FIBRA CERTIFICADA

Diego Arboleda

José Fragoso

Una Librería en el Bosque

ANAYA

Índice

ADVERTENCIA

Si haces UN SONETO
según la Real Academia Española,
crearás una composición poética
que consta de catorce versos endecasílabos
distribuidos en dos cuartetos y dos tercetos.

PERO...

Si haces EL SONETO, el que sale en este libro,
vivirás una aventura fantástica
que consta de catorce capítulos extraordinarios
construidos con letras, magia y espadas.

ADVERTIDO QUEDAS.

Capítulo I

Érase una vez (o dos o tres o cuatro)

Érase una vez una librería difícil de encontrar, dos leyendas que conocer, tres deseos que pedir y cuatro comienzos que contar. Bueno, la verdad es que son demasiadas cosas para decir «érase una vez». Voy de nuevo.

Éranse cuatro veces cuatro comienzos distintos para una misma historia. Mucho mejor así.

Uno de sus comienzos tiene que ver con los dos hombres más poderosos del mundo: Gregorio, papa de Roma, y el emperador Felipe, señor del Imperio español. Otro, con un maestro herrero y el mejor de sus alumnos, Mateo. También hay un comienzo relacionado con un blemio, una charlatana criatura sin cabeza que vivía en América, en Puerto de Perlas.

Son tres comienzos interesantes, ¿verdad? Pues ya te advierto que no elegiré ninguno de esos tres.

Es cierto que el comienzo que queda puede parecer menos interesante. Lo menciono en cuarto lugar y sus protagonistas son, casualmente, cuatro:

1) Doña Beatriz Bernal, una dama castellana, muy anciana ya.

2) Su hija Juana, dueña de una casa de huéspedes en Valladolid.

3) Ana, la más joven de las criadas.

4) Una cabra.

Esta es una imagen de una cabra de seis patas.

Pertenece al libro Monstrorum historia,
del sabio italiano Ulisse Aldrovandi (1522-1605).

Puedes consultarlo en la biblioteca de
la Universidad de Bolonia. O en la librería
de Némesis Mercurio. Si la encuentras.

Y ahora sí, vamos a por el...

PRIMER COMIENZO

Capítulo II

Ana y la habitación secreta

Que los protagonistas de este comienzo parezcan poco importantes no significa que no fueran especiales. Juana regentaba ella sola una casa de huéspedes. Ana, con once años y proveniente de una familia pobre, sabía leer. Y doña Beatriz tenía libros, muchos libros, en una habitación secreta.

Todos los que conocían a la respetable Beatriz Bernal se hubiesen sorprendido al descubrir la habitación más escondida de su casa: contenía decenas de libros. Quizá no te parezcan muchos, pero te aseguro que sí lo eran en el año 1580, cuando sucede esta historia.

La señora Bernal los había leído todos.

Y no solo eso. Doña Beatriz era además la autora de uno de esos libros: el *Cristalián,* una novela de caballerías llena de fantasía, aventuras y magia.

La había escrito muchos años atrás, la había llevado a una imprenta, pero no se había atrevido a firmarla. En el libro solo aparecía que la autora era una señora natural de la noble y leal villa de Valladolid.

A Ana le parecía natural que su señora fuera escritora, y la consideraba noble y leal como la villa en la que vivían. Lo que no le parecía nada natural es que no hubiera firmado su libro. Y que eso tuviera que permanecer en secreto.

Que una niña de origen humilde como Ana supiera leer era poco común. Le había enseñado su padre. Este se ganaba la vida gracias a una memoria extraordinaria. Memorizaba libros enteros y los recitaba párrafo a párrafo, estrofa a estrofa. Recorría el reino actuando en mercados, villas y casas de huéspedes. Casi nunca estaba en el hogar familiar. La madre de Ana murió de unas fiebres cuando ella era muy pequeña, así que su mejor oportunidad consistía en entrar a servir en una buena casa.

Ana heredó la buena memoria y la facilidad para las letras de su padre. Doña Beatriz, en cuanto la conoció, quiso tenerla al momento a su servicio. Aquella niña podía cuidar el huerto, ayudar con las tareas de la casa y realizar su trabajo principal: leer.

La vista de doña Beatriz ya no era buena. Necesitaba a alguien que le leyera en voz alta. Y alguien de confianza.

Por diversas razones, era mejor que la habitación de los libros de doña Beatriz fuese secreta. Esa habitación contenía títulos muy variados. Algunos de ellos, valiosos; alguno, prohibido.

En el hogar de la dama Bernal no había ya señor de la casa. Tanto ella como su hija Juana eran viudas. Y la lectura de libros que no fueran religiosos no estaba bien vista.

Doña Beatriz, Juana y Ana trasladaron todos los libros a la alcoba que había en la parte superior, una pequeña salita sin ventanas. Sustituyeron la puerta por otra de madera de roble, tachonada, y le colocaron un fuerte cerrojo con un candado.

Doña Beatriz ordenó que nadie abriera esa puerta. Y nadie la abrió. Ni siquiera ella. No hacía falta.

La habitación secreta tenía una entrada también secreta. Había una trampilla en el suelo de esa alcoba. Trampilla que comunicaba con la habitación donde dormían doña Beatriz, doña Juana y Ana.

Una escalera de mano permitía a Ana trepar hasta la trampilla, abrir un pestillo y conseguir el libro que le pedía su señora.

—Ana, tráeme *Tirante el Blanco.*

—Ana, por favor, *El conde Lucanor.*

—Ana, las *Coplas* de Jorge Manrique.

Y Ana escalaba, abría la trampilla, se encaramaba a la habitación secreta, y volvía con el libro. Y como sabía leer, se lo leía en voz alta.

Cuando la señora le daba a elegir, Ana siempre elegía el *Cristalián,* la novela escrita por doña Beatriz.

—Ay, Ana. Esa otra vez.

—Un trozo solo. *La aventura del lago de Larenta.*

—Para eso no hace falta que traigas el libro. Seguro que te lo sabes de memoria. Has salido a tu padre.

—Sí. Me lo sé de memoria —respondía la niña hinchando el pecho.

Ana era una persona orgullosa de sus virtudes, incapaz de ocultar las cosas que se le daban bien.

Pero, acto seguido, soltaba el aire de ese pecho hinchado en un resoplido.

—Ya sabéis, señora, que me gusta tocar vuestro libro. Tenerlo en las manos. Yo solo lo leo. ¡Vos lo escribisteis!

Doña Beatriz sonreía y le decía:

—Lo que me gusta de ti es que eres orgullosa y humilde a la vez.

Capítulo III

Doña Beatriz y los tres consejos

Con el tiempo, la dama Bernal pasó a considerar a Ana como una nieta.

Doña Beatriz le repetía siempre los mismos tres consejos.

—Ana, debes hacer caso a mi hija Juana. También cuando yo no esté.

Y Ana escuchaba a la señora Juana con atención. Aunque no le gustaba pensar en que doña Beatriz algún día no estaría.

—Ana, sé siempre valiente, como Minerva.

Este consejo le encantaba. Minerva era el personaje preferido de Ana. Era una brava guerrera que aparecía en la novela que escribió doña Beatriz, en su parte favorita, *La aventura del lago de Larenta.*

—Ana, no hagas las cosas a medias.

Este tercer consejo sí que le resultaba más difícil. Salvo al leer, Ana se distraía con facilidad. El trabajo del huerto le gustaba, sobre todo cuando aparecían las flores. Su flor preferida era la del almendro, porque era la primera flor del año, después del invierno. En cambio, cuando se trataba de tareas de la casa, a menudo dejaba algo a medio hacer.

Beatriz Bernal tuvo una vida larga. Un día, sintiéndose muy débil, pidió a Ana que se acercara y le repitió los tres consejos. «Haz caso a Juana. Sé valiente, como Minerva. No hagas las cosas a medias». Y añadió apretándole la mano:

—Cuando yo falte, no debes estar triste. Debes estar alerta. El día que yo me vaya, comenzará la aventura.

Y así fue. Tras la muerte de doña Beatriz, esa misma tarde, en el huerto, Ana vio a una cabritilla.

Para no ahuyentarla, la espió escondida detrás del almendro.

Era un animal joven, parecido a un cervatillo. Aún no le habían salido los cuernos. Y tenía seis patas. Ana las volvió a contar, incrédula. Sí, seis patas.

Lucía un pelaje brillante, que devolvía la luz del sol dividida en pequeños destellos, como las aguas del río.

Paseando por el huerto, la cabra se acercó a la planta de la berenjena. No se la comió. La planta se agitó y floreció. Pasó lo mismo con la calabaza. Abrió una flor enorme e intensa. La cabra se giró y caminó hacia Ana.

Alargó la cabeza como hacen los perros con sus amos. Ana la acarició. Sintió un agradable cosquilleo en la mano.

De repente, como si hubiera cumplido una misión, la cabra dio media vuelta y desapareció dando saltos.

Ese es el inicio de la historia que quería contar. Ana vio a la cabra marcharse. Desapareció dejando tras de sí un mosaico de brillantes amapolas. Después la lectora alzó la mirada hacia las ramas del almendro. Un sinfín de flores blancas. En pleno verano, había florecido.

Esa misma noche, empezó la aventura.

Capítulo IV

El robo y los visitantes

Primero el robo y luego los visitantes. En ese orden sucedieron. Y en ese orden Ana se ocupó de ellos.

Por la noche, ocurrió el robo. Ana intentó seguir los tres consejos.

«Haz caso a mi hija Juana». Y Ana hizo caso a doña Juana.

«Sé valiente, como Minerva». Y Ana fue valiente, como la guerrera Minerva.

«No hagas las cosas a medias». Esto, como leerás ahora, no lo consiguió.

El ladrón trepó a una ventana y fue sigiloso. Hasta ahí ninguna sorpresa. Los buenos ladrones deben serlo. Se introdujo en la casa sin que nadie le viera y, sin que nadie le oyera, llegó hasta la planta superior.

El ladrón fue también habilidoso. Eso tampoco es una sorpresa. Abrió el candado de la habitación secreta usando unas ganzúas. Pero el ladrón no contaba con que la puerta de esa alcoba no se había utilizado nunca jamás. Recuerda que Ana usaba siempre la trampilla. La puerta estaba oxidada. Encajada. La madera, dilatada por la humedad. Cuando se abrió, los goznes chirriaron y la puerta crujió. Un quejido de madera y metal que despertó a Ana.

—¡Hay alguien con los libros! —se sobresaltó—. ¿Subo a ver?

—¿En la alcoba? —se extrañó doña Juana poniéndose en pie—. Eso no es posible.

Ana se levantó, se vistió, encendió una vela y dejó la palmatoria sobre el baúl. Tomó la escalera y abrió la trampilla. No fue una buena idea. El ladrón estaba justo encima. Cayó, pero no se estrelló contra el suelo. Rodó y se llevó por delante a doña Juana.

—¡Ay! —se quejó Juana. Había recibido un fuerte golpe en el pie derecho.

El ladrón se puso en pie con agilidad, se disculpó y lanzó un gruñido.

—Mil perdones, señora.

—Grrrrrr.

Una cabeza se disculpó y otra lanzó el gruñido.

El ladrón tenía dos cuerpos, unidos por la espalda. Uno tenía forma humana y el otro, cabeza y patas de perro. Ambos cuerpos vestían hábitos de monje. Ana nunca había visto una criatura así.

Pero doña Juana sí:

—¡Un masticador!

La parte con forma de perro del ladrón estaba, efectivamente, masticando un libro. La parte con forma humana tenía otro tomo en las manos. Ana reconoció ambos libros al momento. El perro estaba devorando *Tirante el Blanco.* El humano se había apoderado del *Cristalián,* la novela de doña Beatriz.

El perro dio un último mordisco al libro que estaba masticando. Se lo había comido enterito. Al ver que Ana daba un paso al frente, el humano se aferró con fuerza al suyo dispuesto a defenderlo.

—Nos vamos —masculló la cabeza de perro.

—Todavía no —le contradijo la cabeza de hombre—. Falta la brújula salvoconducto. Toma, cuida este. Y no te lo comas.

El humano le dio el libro al perro y a continuación separó ambos cuerpos, despegándose como si fuera la vaina de una judía.

La zona de la espalda por la que habían estado unidos despedía un fulgor dorado, parecido al de las páginas de los cantorales que Ana había visto en la catedral. El ladrón humano trepó con agilidad por la escalera y entró por la trampilla de nuevo. Allí se puso a revolver entre los libros buscando algo con prisa.

De repente, se escuchó un ruido de goznes y cerrojos en la planta de arriba. Alguien había vuelto a cerrar la puerta de la alcoba. No había sido el ladrón humano, porque el cabeza de perro levantó el hocico y husmeó desconfiado.

—¡Ana, apártate! —gritó doña Juana.

Y Ana hizo caso a Juana.

Un taburete voló, lanzado por doña Juana, y se estrelló contra el hocico del cabeza de perro, tumbándolo en el suelo.

—¡Ana, no tengas miedo! ¡Cierra la trampilla!

Para eso había que pasar junto a aquel monstruoso ladrón.

Ana, valiente como Minerva, esquivó al perro, subió por la escalera y cerró la trampilla, corriendo el cerrojo.

El ladrón se repuso y lanzó un terrible gruñido, como el más fiero de los perros.

En ese momento, dos mozos de cuadra entraron por el balcón.

En realidad, Ana pensó que eran dos mozos de cuadra, por la juventud de uno y por el tamaño del otro. Pero pronto se dio cuenta de que no los había visto nunca.

Uno tendría su misma edad. Blandía dos enormes llaves unidas por una gran argolla. El otro iba encapuchado. No se le veía el rostro. Aunque bajito, se notaba que era muy fornido. Llevaba el torso

protegido por una coraza de rejilla, un arco alto en la mano izquierda y una aljaba con flechas a la espalda.

Ambos se interpusieron entre el hombre perro y la trampilla.

Ana pensó que un chico de once o doce años, con unas llaves, por grandes que fueran, no era el mejor para enfrentarse a un ser monstruoso. Y el dormitorio parecía un lugar muy pequeño para usar ese gran arco que tenía el encapuchado.

Pero se equivocaba. El muchacho agarró una de las llaves por el extremo y revoleó la otra con fuerza, manteniendo al cabeza de perro a distancia.

—Permitid que me ocupe —se ofreció el encapuchado—. Creo que esto es una cuestión de equilibrio.

Y, manejando con habilidad el arco, dio con él tres golpes secos en tres puntos concretos del cuerpo del ladrón, al mismo tiempo que decía:

—Hombro, rodilla, tobillo.

Cabeza de perro cayó al suelo, desequilibrado. Pero se rehízo y se levantó.

Al momento, recibió cuatro golpes más con la punta del arco. Eran golpes suaves, pero muy efectivos.

—Rodilla, rodilla, hombro, tobillo.

Cabeza de perro estaba otra vez en el suelo.

El chico se giró hacia su compañero:

—¿De verdad es necesario hablar también mientras se combate?

—Por supuesto que sí. Tobillo, hombro, hombro, rodilla, rodilla, tobillo.

El hombre perro se había levantado y había vuelto a caer.

—Olvidadlo —le dijo el muchacho al perro—. Vuestro amigo está atrapado. Devolved el libro y marchaos.

El ladrón clavó sus ojos caninos en aquellos dos contrincantes y después, durante un segundo, en la trampilla del techo.

—No es mi amigo —gruñó—. Es mi mitad.

Ana se fijó en que en su mirada se mezclaban furia y pena. Con el libro, y con esa furia y esa pena, cabeza de perro saltó por el balcón y huyó. Lo último que vio de él fue el fulgor de su espalda dorada mientras corría.

Ana había hecho caso a doña Juana. Había sido valiente, como Minerva. Pero en lo que respecta a no hacer las cosas a medias... Lo cierto es que, aquella noche, Ana atrapó a medio ladrón.

Después, Ana se ocupó de los visitantes.

Tenía muchas explicaciones que pedir a esos dos desconocidos. Para disgusto de la joven lectora, el chico y el encapuchado la ignoraron y hablaron directamente a doña Juana, que estaba sentada en el baúl, junto a la palmatoria.

El muchacho tenía cara de preocupación.

—Señora, ¿estáis bien?

—Pues la verdad es que no —contestó—. Me duele mucho un tobillo. El masticador me cayó encima.

Ana se sintió mal por no haberse dado cuenta de que su señora estaba herida. Corrió a su lado e hizo ademán a los dos desconocidos de que no se acercaran.

—Alejaos. ¿Quiénes sois? —les preguntó.

—Me llamo Mateo —se presentó el muchacho de las llaves.

—Yo soy Bemi —dijo el encapuchado.

—¿No vais a quitaros la capucha?

El tal Bemi se volvió hacia doña Juana para responder. Ana frunció el ceño. Ya era la segunda vez que la ignoraban. Y empezaba a perder la paciencia.

—Mi señora, si sabéis lo que es un masticador, quizá sepáis también lo que soy yo.

—Creo que sí —respondió Juana—. Por la clase de arco. Y por esa capucha que sospecho que está vacía.

—Y yo sospecho que sospecháis bien.

—¿Sois el acéfalo con el que se carteaba mi madre?

El arquero se quitó la capucha. Allí no había cabeza. Se quitó también la coraza. Un rostro les sonrió desde el pecho.

—Nosotros preferimos llamarnos blemios —matizó—. Pero sí. Soy Bemi Ansúrez, antes Bemi Pájaros, antes Bemi Pequeño. A su servicio, doña Juana.

—¡No tiene cabeza! —exclamó Ana.

—Sois Ana, la lectora, ¿verdad? Doña Beatriz me habló de vos en sus cartas. —El blemio se señaló el pecho y dijo con voz alegre—: Qué bueno ponernos cara.

Aquel ser no tenía cabeza, pero sí muy buen humor.

Doña Juana se apoyó en el hombro de Mateo. Se levantó con gesto de dolor. Y puso todo su peso sobre la pierna derecha para mantenerse en pie.

—Señora, ¿tenéis la brújula salvoconducto para la librería de Némesis Mercurio? —preguntó Mateo.

—Sí, la tengo —afirmó Juana—. Me la dio mi madre. Pero no puedo viajar con el tobillo así.

—¿Librería? ¿Ahora? ¿Para qué una librería? —quiso saber Ana.

El acéfalo se asomó al balcón.

—Se están reuniendo soldados al fondo de la calle. Muchos. Y creo que algún pirofraile.

—¿Ya? —se alarmó Mateo.

—Sí. Debe de haber un traidor en nuestro bando... —murmuró Bemi.

—¿Pirofraile? ¿Traidor? —A Ana se le acumulaban las preguntas.

—O traidora. —El blemio miró de reojo a la lectora.

La chica estaba cada vez más despistada.

—¿A mí por qué me miráis? ¿Qué es eso de nuestro bando? ¿¿Y cuál es nuestro bando?? —preguntó agitando los brazos—. ¿Vuestro bando es nuestro bando? ¿Estamos todos en el mismo bando?

—Por supuesto —contestó Mateo—. El bando bueno.

—Tan bueno no será si hay un traidor... —comentó Bemi sin dejar de vigilar por el balcón.

—No le hagáis caso —dijo Mateo, quitándole importancia—. Los acéfalos son muy desconfiados.

—De entrada, es mejor desconfiar de todo el mundo —afirmó Bemi.

Ana se volvió hacia su señora:

—Doña Juana, esto no tiene ni pies ni cabeza.

—Perdón, que yo pies sí tengo, aunque no tenga cabeza —la corrigió el acéfalo.

—¡Y eso qué tiene que ver!

Bemi abandonó por unos momentos su puesto de vigilancia en el balcón.

—Pues que no soy el traidor. En mí podéis confiar.

—Si habéis dicho que hay que desconfiar de todo el mundo...

—Pero no de mí. Vamos a ver, ¿cuántas personas os han intentado engañar en vuestra vida?

—Muchas.

—¿Y cuántas de ellas tenían cabeza?

—Pues todas.

—¿Cuántas personas sin cabeza os han engañado?

—Ninguna.

—Pues ahí lo tenéis. Podéis confiar en las personas sin cabeza.

Ana quiso decir algo, pero lo cierto es que, al menos en eso, el acéfalo tenía razón. Se quedó con la mandíbula caída, boquiabierta.

Cuando la lectora pensaba que había llegado al límite de su sorpresa, el muchacho habló.

—Esos soldados y los pirofrailes son los hombres del rey y del papa —advirtió Mateo—. Nosotros dos tenemos que irnos, Bemi. Corremos peligro.

Bemi asintió. Pero al ser un acéfalo, lo hizo de una manera rarísima, con un gesto de hombros y cejas.

Ana se llevó las manos a la cara:

—¿Soldados del rey y del papa?

Mateo señaló el tobillo dañado de doña Juana.

—Así no podrá hallar a la señora Mercurio.

El acéfalo estaba de acuerdo:

—Sí, hemos tenido mala pata.

—No es momento para juegos de palabras, Bemi.

—Para un blemio siempre lo es.

Ana insistió:

—¿Habéis dicho soldados del rey y del papa?

—Sí... —respondió Mateo llevándose una mano a la barbilla—. Tiene que haber una solución. Dejadme pensar.

—Dejadle pensar —dijo Bemi—. Mateo tiene buenas ideas.

—Pero ¿una solución para qué? —interrumpió Ana.

—Mi niña... Déjale pensar —le aconsejó doña Juana con suavidad.

Ana se cruzó de brazos, respiró hondo y miró al techo.

—Pues nada, dejaremos pensar al chico —se resignó—. Por lo menos él tiene cabeza.

Bemi soltó una risotada.

—Muy bueno —aplaudió el blemio.

Después, el acéfalo se dirigió a Mateo.

—¿Alguna idea?

—Quizás sí... —respondió el muchacho. Y preguntó—: ¿Quién ha visto a la cabra?

—¿Qué cabra? —dijo doña Juana.

La señora no sabía nada de la cabra. Al escuchar esto, a Mateo se le iluminó la cara. El pecho de Bemi se llenó con una enorme sonrisa. Ambos se volvieron hacia Ana.

—Sois vos. Vos visteis a la cabra de seis patas.

Ana se removió incómoda.

—Sí... No... Es decir, sí, la vi, pero no... —farfulló—. No se lo dije a nadie. ¿Cómo lo sabéis? ¿Y podéis dejar de mirarme tan fijamente, por favor?

—Sois vos —repitió Mateo—. La elegida por Némesis Mercurio. Perfecto. Bemi, nos vamos.

«¿Qué tenía que ver la cabra de seis patas con todo aquello?». Ana se sintió mareada. «¿Ella era la elegida? ¿Elegida para qué?».

El muchacho y el acéfalo se encaramaron de un salto a la balaustrada del balcón. Pensaban salir por allí. Antes, Mateo habló de nuevo a doña Juana.

—Nosotros os ayudaremos. Mi señora, cuando podáis, mandad a la chica con la brújula salvoconducto al viejo caserón de los Ansúrez.

Doña Juana dudó:

—¿A Ana? Pero si no tienc ni idea de lo que está pasando.

—Yo tampoco tengo mucha idea de lo que está pasando —confesó Mateo.

—Y yo, por no tener, no tengo ni cabeza —añadió Bemi.

Unos fuertes golpes en los portones de la casa hicieron temblar un poco el edificio.

Y unas fuertes voces hicieron temblar un poco a Ana.

—ABRID A LA MÁS ALTA AUTORIDAD.

Doña Juana suspiró.

—De acuerdo, no nos queda otra que confiar en vosotros —aceptó—. Pero antes, aclaremos lo de los hombres del rey y el papa. Necesito saber qué quieren, qué buscan aquí.

Mateo señaló la trampilla donde estaba encerrado el medio ladrón y dijo:

—Buscan lo que buscaba ese masticador. Lo que buscamos nosotros. Lo que buscan todos. Una brújula salvoconducto para encontrar la librería del bosque y a su librera. Encontrar a Némesis Mercurio.

Mateo y Bemi saltaron. Salieron de la habitación al mismo tiempo que un nuevo nombre entraba por primera vez en la vida de Ana. Némesis Mercurio.

Capítulo V

Los pirofrailes y el comendador

Doña Juana tomó un bastón de su madre y, con tanta decisión como dolor, se trasladó al salón de comidas. Allí recibieron Ana y ella a los soldados. Estos en realidad fueron muy amables. Algunos conocían la casa de huéspedes, incluso se habían alojado o comido en alguna ocasión.

Doña Juana explicó que había entrado un ladrón, que le habían descubierto, enfrentado y ahuyentado. Y que, al hacerlo, se había herido en un tobillo.

Registraron la planta principal y las estancias de los huéspedes. Pero respetaron las habitaciones de la señora.

Ana intuyó que aquellos soldados no querían problemas.

Y lo entendió todo cuando llegaron los pirofrailes y el comendador.

Pirofrailes era como Mateo y Bemi habían llamado a los miembros de una hermandad religiosa ligada a la Santa Inquisición. Ana no los llamaba así, pero sí conocía su orden, los Esclavos Pardos del Fuego Sagrado. La verdad es que sonaba mejor pirofrailes. Y era más corto.

Estos pirofrailes querían purificar el mundo. Lo que en principio no parecía mal objetivo. Pero pretendían hacerlo quemando. Quemando cosas, quemando casas, y en algunos casos, quemando personas.

Los dos pirofrailes que las visitaron entraron caminando tan juntos, hombro con hombro, que si no fuera porque los dos tenían cabeza humana, Ana hubiera dicho que se trataba de otro masticador.

Eran dos hombres de mirada severa y ojerosa. Con sus hábitos iguales, su idéntico corte de pelo y sus dos barbas parecidas en unos mofletes similares, daban la impresión de ser hermanos mellizos.

—¡Somos la más alta autoridad! —exclamaron al mismo tiempo.

A Ana no le parecieron tan altos. Estuvo a punto de decirlo. Pero los pirofrailes volvieron a gritar.

Y aunque eran muy parecidos, tenían las voces muy diferentes.

—¡Esto pide fuego! —chilló el que tenía la voz chillona.

—Esto es muy grave —sentenció el otro con voz grave.

Para Ana y doña Juana, fue un momento tan angustioso como redundante.

—Nadie va a quemar nada —dijo un caballero en el que Ana no había reparado.

Llevaba un pesado bulto de viaje, que dejó en el suelo, y vestía ropa de montar a caballo. Pero no era un simple soldado, todas sus prendas transmitían riqueza y mando: el sombrero con plumas, el jubón de mangas abullonadas, el sayo con adornos bordados, las botas de cuero bien curtido y la espada con la cazoleta labrada.

El caballero se descubrió e hizo con el sombrero una reverencia amplia y exagerada, que le sirvió para saludar y, al mismo tiempo, para golpear a los pirofrailes. Al ser un sombrero con plumas podemos decir que los apartó de un plumazo.

—Lupercio Quismondo, Comendador Real —se presentó—. No hace falta que digáis nada. Sé perfectamente quién sois. Las dos.

Ahuyentó a los pirofrailes agitando de nuevo el sombrero, como el que espanta a dos gallinas pardas.

—Dejadnos solos —ordenó.

Ana se fijó en que los pirofrailes, aunque disgustados, obedecieron al instante. Y obedecieron en silencio. Pero no un silencio normal, un silencio raro. Un silencio grave y chillón al mismo tiempo.

«¿Qué clase de poder tiene este comendador?», se preguntó la lectora.

Ya a solas, Lupercio Quismondo continuó hablando:

—Os diré lo que sé. Sé que en esta casa hay más de cien libros, algunos de ellos prohibidos por la Iglesia. Si esos dos frailes los descubren, los quemarán todos, prohibidos o no. ¿Me equivoco?

—No os equivocáis —dijo doña Juana.

—Sé que en vuestro huerto hay un almendro que ha florecido en verano, cosa de brujería, sin duda. Y esos frailes, de enterarse, quemarían no solo el almendro, sino el huerto entero. ¿Me equivoco?

—No os equivocáis —repitió doña Juana.

—Sé que os puedo parecer odioso y antipático, pero...

—¡No os equivocáis! —interrumpió Ana.

Lupercio Quismondo la escrutó con la mirada.

—No había preguntado todavía, pequeña.

—Calla, Ana —le pidió doña Juana.

Pero a Ana cada vez le resultaba más difícil estar callada.

—Sé —continuó el comendador— que aunque no os fiéis de mí, si me describís con sinceridad cómo era el ladrón y cómo era el animal que hizo florecer el almendro, ningún fraile quemará nada. También deseo saber si el ladrón dijo algo de una librería secreta y cómo llegar hasta ella. Contestadme a todo lo que os pido y a una pequeña consulta literaria y me marcharé.

«A todo lo que os pido», decía ese desagradable hombre. ¿Todo? Ana no quería contar nada de nada.

Para su sorpresa, doña Juana, a pesar de su tobillo dañado, se puso en pie, disimuló su dolor y, con amabilidad, respondió:

—Por supuesto.

¿Cómo que por supuesto? ¿Le iban a contar todo de todo en lugar de nada de nada?

Entonces doña Juana se giró hacia Ana y le dijo:

—Ana, este caballero tan informado nos ha dicho lo que sabe. Y nuestra obligación es responder a sus preguntas sobre eso que sabe.

Haz caso a Juana. El primer consejo de la anciana Bernal volvió a resonar en su cabeza. Y entonces Ana entendió a qué se refería su señora. No se trataba de decirle todo de todo, sino solo algo.

Algo de algo. Confirmarle lo que ya sabía. Si le decían ese algo bien elegido, sería lo más parecido a decirle nada.

Así que le describieron al ladrón como realmente era, un ser doble con cabeza de perro. Pero no le dijeron que habían atrapado a una mitad.

Ana describió a la cabra de seis patas, pero no contó nada de Bemi y Mateo.

El comendador pareció satisfecho.

—Ahora la pequeña consulta literaria.

Lupercio Quismondo abrió una bolsita de cuero. Extrajo unas tiras de papel y las puso sobre la mesa.

—Son unos versos —explicó—. Catorce para ser exactos. Sois una buena lectora, doña Juana. ¿Cómo los ordenaríais?

Los versos no parecían tener mucho sentido. Decían cosas como «Mintieron al ocultar su sabe» o «Y en realidad escogieron dormi».

—No sé... —titubeó Juana—. La que sabía de letras era mi madre... Yo me ocupo más de números. Y aun así, fijaos, uso la hoja calculadora.

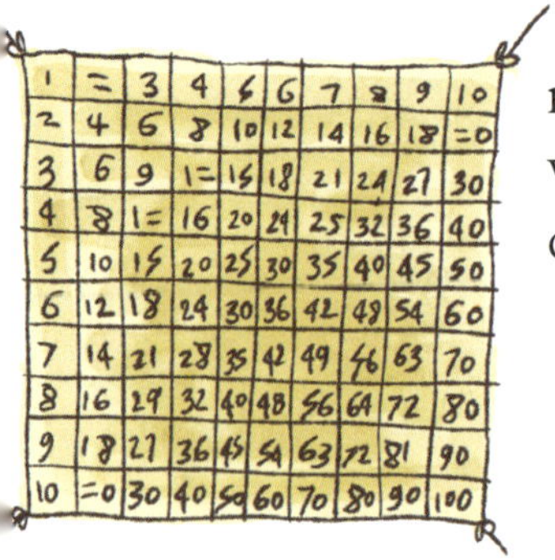

Doña Juana señaló la hoja con números que estaba clavada en la viga tras el mostrador. Una cuadrícula con las cifras ya calculadas.

Ana se acercó a la mesa.

—Es un soneto —dijo la lectora, intentando ayudar a su señora.

—Silencio, pequeña —el comendador la mandó callar con malos modos—. Son catorce versos, ya sabemos que es un soneto.

Al sentirse menospreciada, el cerebro de Ana se activó como una catapulta.

Cogió una de las tizas con las que marcaban las consumiciones en el mostrador y dijo:

—Es un soneto de versos inacabados. Hay que escribirles una R al final. Y se ordenan así.

Ana colocó todos los versos y, con la tiza, completó las letras que faltaban.

Este fue el resultado:

Una advertencia a quien la quiera oír:
Nadie que pueda estas letras leer
invocará a su gusto el Poder
regido por el dios del Porvenir.

Insensatos que intentaron seguir
mintieron al ocultar su saber.
Eligieron a los versos vencer
y en realidad escogieron dormir.

A desear: tiempo para vivir,
comercio y riqueza que acumular
en un gran reino que dirigir.

Reino, tiempo, comercio. A pedir.
Tiempo, comercio, reino. A pensar.
Estos deseos que se han de cumplir.

—Im... impresionante... —balbució el comendador en voz baja, para después exclamar—: ¡Perfecto, pequeña!

Cada vez que ese antipático caballero la llamaba «pequeña», era una espuela clavada en el orgullo de Ana.

—De perfecto, nada —rechazó la chica—. Es un soneto acróstico circular. Hay que escribir una sola R. Y en realidad se ordena así.

Ana borró la tiza, hizo un círculo con los versos y escribió una sola R en el centro.

—¡Por los cuernos de los unicornios! —se sorprendió el comendador—. ¿Cómo esta niña ha hecho esto?

—Uní, rimé y acerté.

—Ya veo, ya —asintió Lupercio Quismondo atusándose el bigote.

—No, no lo veis —le corrigió Ana orgullosa—. Es un soneto acróstico circular. Eso es lo que se lee cuando se une la primera letra de cada verso: U n í, r i m é y a c e r t é.

Ana sentía que había dado una lección al comendador. Desde la humildad, había demostrado su valía. La lectora podía ser orgullosa y humilde al mismo tiempo. Pero su hirviente orgullo se apagó cuando vio la cara ensombrecida de doña Juana.

Al momento entendió que había hablado de más.

—¿Qué... qué clase de versos son estos? —tartamudeó.

Si la mirada de doña Juana estaba teñida de sombras, los ojos de Lupercio Quismondo, al contrario, refulgían con un brillo de satisfacción.

—Estos son los versos escritos en las catorce espadas melladas —dijo Quismondo—. ¡El soneto mágico! ¡Las espadas del maestro Yciar, el forjador de letras!

—¿El soneto mágico del forjador de letras? ¿Las espadas que conceden deseos? No seáis absurdo... —replicó doña Juana—. Eso es una leyenda.

—Era —matizó el comendador—. Era una leyenda. Hasta que reuní las espadas. Entonces dejó de serlo.

Lupercio Quismondo agarró su bulto de viaje y volcó el contenido en la mesa. Catorce espadas, cada una con uno de los versos de los papelitos escrito en la hoja. Las espadas no tenían punta. Y a los versos les faltaba la letra final.

—Pero ¿qué... qué clase de Comendador Real sois? —volvió Ana a tartamudear.

—Ah, ¿no os lo dije? Comendador del Gabinete Sobrenatural de su majestad. Le consigo objetos mágicos y cazo a los monstruos que habitan su reino. Los objetos se los llevo para su gabinete. Los monstruos, los extermino.

—Monstruos —repitió Ana. Esa palabra, después de haber conocido al masticador y al blemio, le dejaba en el paladar un sabor especial.

Lupercio Quismondo recogió las espadas.

—Sí, monstruos. Basiliscos, blemios, dragones. Unicornios. Al rey le encantan los cuernos de unicornio. ¿No habréis visto alguno?

—¿Unicornios? Ninguno —respondió Juana sin mentir.

El comendador ató las correas de aquel valioso bulto.

—Gracias, habéis sido de mucha ayuda. Adiós —se despidió—. De momento os dejo en paz. De momento. Porque es probable que os vuelva a necesitar.

Ana no pudo contenerse y preguntó:

—¿De verdad pensáis que esas espadas son mágicas?

El comendador se detuvo en la puerta. Desde allí contestó:

—No lo pienso. Estoy seguro. Porque las hizo Juan de Ycíar, el maestro Ycíar. El mismo que forjó la mía. —Quismondo desenvainó su espada—. Mirad.

Aquella espada tenía escritas unas letras en su hoja. Ana pudo leerlas con claridad, porque tenían un intenso brillo plateado.

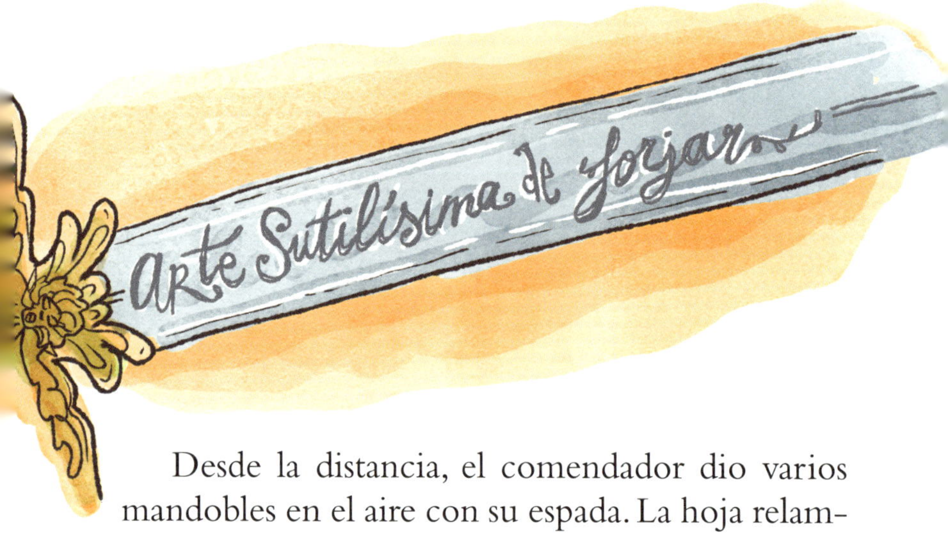

Desde la distancia, el comendador dio varios mandobles en el aire con su espada. La hoja relampagueó. Y, sin haberla tocado, la mesa que estaba junto a Ana cayó partida en cuatro trozos.

Lupercio Quismondo se marchó. Minutos después, también los soldados. Y, aunque se asomaron un par de veces a la puerta, acabaron por irse los inquietantes pirofrailes.

Doña Juana suspiró. Y Ana pensó que era mucho más fácil leer las aventuras de magia y espadas que vivirlas.

Esta imagen de un masticador también pertenece al libro Monstrorum historia. Libro que él mismo no podría leer.

Ya sabes que a un masticador no hay que dejarle acercarse a un libro antiguo (por mucho que aparezca en él).

Tú puedes consultarlo en Bolonia, en la universidad más antigua de Europa. O en la librería de Némesis Mercurio. Si la encuentras.

Ya toca hablar de Bemi y el...

SEGUNDO COMIENZO

Capítulo VI

Bemi, el blemio

Bemi no tenía cabeza. Nosotros le llamaríamos acéfalo, que significa eso, sin cabeza. Pero él a sí mismo no se llama «sin cabeza». Es un blemio. Para él la forma de su cuerpo es absolutamente normal. Sin embargo, todos los blemios saben que, por desgracia, no resultan normales para el resto de la humanidad.

Los blemios son un pueblo nómada. Se trasladan sin establecerse de forma fija. A diferencia de otros pueblos nómadas, no se mueven solo para comerciar o cazar. Los blemios se mueven sobre todo para huir. Buscan lugares seguros donde no sean perseguidos.

Al menos durante un tiempo.

Los blemios se adaptan muy bien a la naturaleza: bosques, selvas y montañas. Son muy hábiles con los arcos. Pero, en contacto con los hombres, su principal arma son las capuchas. Toda prenda, sea una capa, un hábito de fraile o una vestimenta militar, que tenga capucha es muy útil para ellos. La rellenan con un armazón de madera que la mantiene erguida y así consiguen pasar desapercibidos.

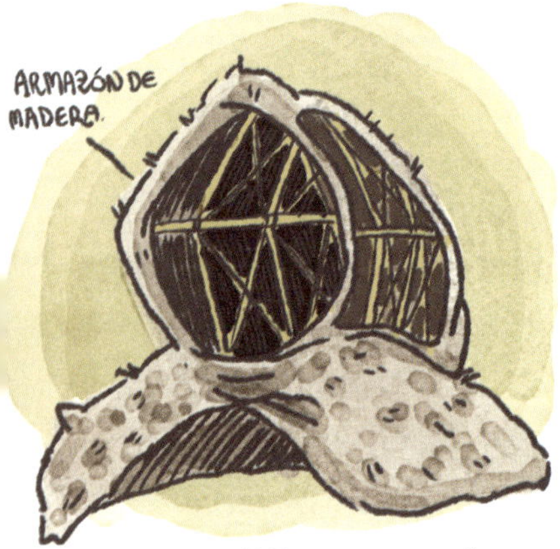

Encapuchados, la tribu blemia de Bemi pasaron de la península a las islas Canarias y, encapuchados también, desde allí consiguieron embarcarse para las colonias americanas. En concreto a Cumaná, una ciudad que todos conocían como Puerto de Perlas.

No se quedaron en la ciudad, sino que se internaron en la selva, donde ya pudieron descubrir sus rostros y ser descapuchadamente felices.

Bemi no tenía cabeza, pero sí apellido. Eso no es habitual entre los blemios.

A lo largo de la historia ha habido personas que se han llevado muy bien con los blemios. Nunca grupos de personas. Siempre alguien que, de manera individual, simpatizaba con ellos. Los blemios tienen que esconderse, pero al mismo tiempo son muy charlatanes. Cuentan historias y hacen juegos de palabras con lo que ellos llaman el humor blemio. Una de esas personas que se hizo su amigo fue Osorio Ansúrez.

Don Osorio también viajó a Puerto de Perlas. En el mismo barco que los blemios. Era un caballero muy instruido, de una familia que fue muy importante en el pasado, pero que ahora ya no lo era. Una familia arruinada. Así que decidió probar suerte en ese lugar famoso por sus perlas.

En el viaje conoció a los blemios. Pese a las capuchas, aquel grupo le llamó la atención. Además, en su familia, incluso en algunos libros que había leído, se mencionaba a esa tribu nómada legendaria.

Era un viaje largo. Y a los blemios les encanta hablar. Trabaron amistad. Siempre encapuchados, los acéfalos hicieron sus bromas, sus juegos de palabras, y don Osorio rio con ganas. El compañero de viaje pasó la prueba: le gustaba el humor blemio. Y la tribu decidió contarle su secreto. Así fue como don Osorio conoció a un niño, Bemi Pájaros.

Los blemios usan muy pocos nombres, que repiten a menudo. Y todos los hermanos se llaman igual. El hermano mayor de Bemi también se llamaba Bemi. Aquellos dos hermanos al principio eran Bemi Grande y Bemi Pequeño.

Los blemios no tienen apellidos, pero sí apodos. Una de las primeras cosas que agradaron a don Osorio fue que aquella tribu, lejos de estar tristes por su aspecto y su forma de vida, no hacían otra cosa que bromear con su falta de cabeza.

Por ejemplo, aquel niño, Bemi, era un blemio soñador y muy atolondrado, y decían de él que tenía la cabeza llena de pájaros.

Y así le llamaron, pasó a ser Bemi Pájaros. Mucho mejor apodo que el de su hermano, Bemi Chorlito.

En Puerto de Perlas, don Osorio siguió teniendo relación con los blemios. Compró una hacienda a las afueras de la ciudad. Cada cierto tiempo se adentraba en la selva y los visitaba.

Con el permiso de sus padres, don Osorio instruyó a Bemi Pájaros en las artes de las armas y las letras. Artes en las que su familia, aunque arruinada, siempre había destacado.

Bemi Pájaros aprendió. Aunque a veces, en su afán por hablar, interrumpía a don Osorio e intentaba convertirse él en profesor.

Otras veces le interrumpía solo para decir algo ingenioso desde el punto de vista de un blemio.

—Don Osorio, esto es muy difícil. No me entra en la cabeza.

—No empieces, Bemi.

—Es que estoy cansado. Voy a echar una cabezadita.

—Mira que eres pesado.

Pero a don Osorio se le escapaba una sonrisa.

Su hermano, Bemi Chorlito, no solo no atendió a las enseñanzas de don Osorio, sino que tampoco aprendió bien las normas de seguridad de la tribu. Persiguiendo un tucán llegó hasta Puerto de Perlas y fue descubierto sin usar la capucha.

Los blemios tienen dos normas muy rígidas para protegerse. Una, no ser descubierto sin capucha. Dos, en caso de ser descubierto, no volver nunca con la tribu. Cumpliendo esas dos normas es como los blemios han logrado sobrevivir a través de los siglos.

Bemi Chorlito incumplió las dos. Fue descubierto por unos soldados y, encima, huyó para refugiarse con su tribu. Los soldados le siguieron y encontraron el asentamiento blemio.

Al momento corrieron a dar la voz de alarma al resto de la guarnición militar de la ciudad.

Los blemios abandonaron el campamento en un instante. Eran unos nómadas rapidísimos. Desaparecieron de la zona de Puerto de Perlas.

Pero Bemi Pájaros estaba esa mañana en la hacienda de don Osorio.

Y al pequeño Bemi le dejaron atrás. Las normas eran claras. Ni la tribu le buscaría a él, ni él pondría en peligro a su tribu buscándolos.

La hacienda de don Osorio era muy grande. Allí fue acogido y criado.

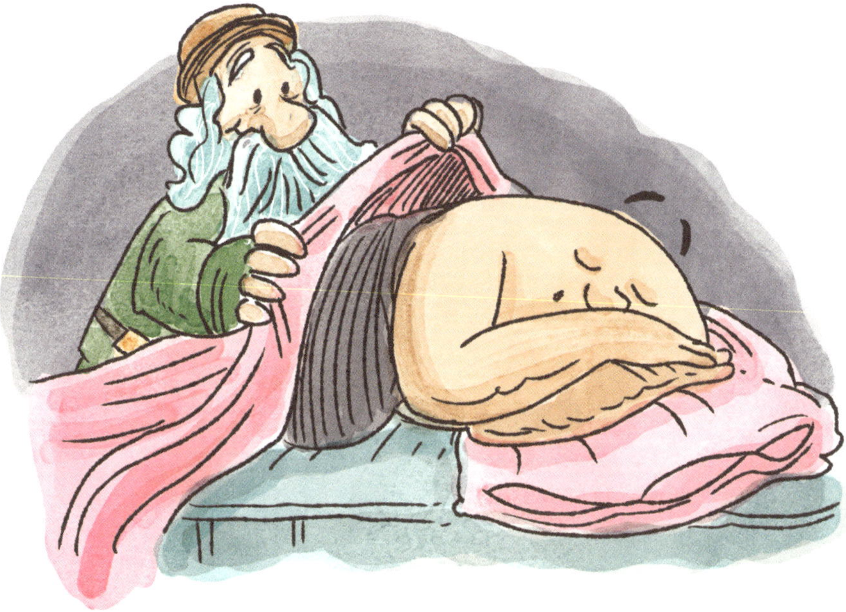

Don Osorio, que no tenía hijos, le dio a Bemi su apellido. Lo hizo de forma oficial. Escribió las cartas necesarias a España y las marcó con su sello familiar.

También hizo correr el rumor de que su hijo tenía una grave enfermedad.

En Puerto de Perlas todos pensaron que aquel noble castellano tenía un hijo enfermo, al que cuidaba personalmente. Con el miedo de los colonos a las enfermedades, nadie nunca hizo nada por conocerle.

Pasaron los años. Bemi creció como el blemio que era: hábil con el arco, alegre, atolondrado y charlatán. Aunque sin capucha solo podía hablar con don Osorio.

Bemi vio como su padre adoptivo dedicaba gran parte de su tiempo a escribir cartas a la península. Escribía a la corte para recuperar su título nobiliario y el perdido prestigio familiar. También a antiguos amigos para que le apoyaran.

A pesar del rumor, Bemi estaba sano como una manzana. El que pilló unas fiebres trágicas fue don Osorio. Y falleció.

Fueron días muy tristes para Bemi. El blemio revisó los papeles, cartas y escrituras que tenía don Osorio en un baúl.

Encontró un cofre con una nota:

Para Bemi. Úsalo con cabeza.

Pese a que estaba triste, rio. Don Osorio sabía usar el humor blemio.

Abrió el cofre. Allí estaba el anillo con el sello junto al estandarte familiar, una bandera algo ajada con unos cuantos cientos de años en sus costuras. Y copias de los escritos que le reconocían como su hijo y heredero.

También las cartas de las únicas amigas a las que don Osorio había hablado de Bemi, su hijo blemio: una dama, doña Beatriz Bernal, y su hija Juana.

Bemi leyó todas las cartas y documentos. Y escribió a doña Beatriz.

Así fue como un blemio, antes Bemi Pequeño, luego Bemi Pájaros, pasó a ser Bemi Ansúrez. Único heredero de Osorio Ansúrez, el último de la casa Ansúrez, los descendientes del conde Ansúrez, primer señor de la ciudad de Valladolid.

Bemi cogió el cofre, su arco, sus flechas, su aljaba. Se ajustó una coraza de rejilla que don Osorio le había regalado. Se puso su capucha. Y se embarcó para España. Dispuesto a hacer bromas de humor blemio. Y dispuesto también a reclamar su herencia.

Capítulo VII

Ana y el conde que esconde que es conde

Una vez contado el segundo comienzo, el comienzo de Bemi, volvamos a la aventura.

Ana llegó por fin a la antigua casa Ansúrez. O lo que quedaba de ella, porque estaba prácticamente en ruinas. La maleza se había apropiado del patio e invadido parte del edificio.

Sobre el arco del portón de entrada, aún aguantaba el escudo de los Ansúrez esculpido en piedra. El escudo tenía solo una grieta. Era símbolo al mismo tiempo de resistencia y del feroz paso del tiempo.

Ana llevaba consigo el salvoconducto para encontrar la librería de esa misteriosa librera, Némesis Mercurio. Pero también portaba noticias. Habían pasado unas cuantas cosas desde que Mateo y Bemi saltaron por el balcón. Debía hablarles del soneto y las espadas.

Ana tenía la impresión de estar dentro de la novela de Beatriz Bernal. En su novela, las sorpresas se seguían sin descanso. Un dragón podía abrir la boca para que de ella saliera un lagarto. Y ese lagarto a su vez podía tener un mensaje mágico en sus escamas. Las sorpresas tenían dentro más sorpresas. Así se sentía Ana.

Miró a ambos lados y hacia atrás para comprobar que no la seguían. Empujó el portón y entró en aquella casa en ruinas. En el salón principal, una de las pocas habitaciones con el techo intacto, encontró a Mateo y a Bemi. Habían encendido la chimenea y estaban cocinando.

—¡Tengo noticias! —anunció Ana.

—¡Me encantan las noticias! —exclamó Bemi—. Aunque me gusta más contarlas que escucharlas. Hum..., veamos... Qué noticia tengo yo para contaros a vos... Tengo, tengo, tengo... No. La verdad es que tener, solo tengo hambre.

—Callad, soy yo la que tiene que... —Ana se interrumpió al reparar en el fuego encendido—. ¿Habéis prendido la chimenea? ¿Estáis locos? ¿No teméis que os descubran?

—¿Quién? —preguntó Bemi.

—Pues los dueños.

—Yo soy el dueño.

—Él es el dueño —corroboró Mateo mientras atizaba el fuego.

—¿Vos? ¿Un acéfalo?

—Un blemio. Y sí. Mi padre adoptivo me nombró su heredero. Mirad este documento.

Bemi plantó delante de la cara de Ana un documento con sellos oficiales.

—Y don Osorio también consiguió recuperar su antiguo título nobiliario. Mirad.

El blemio mostró un segundo documento, donde Ana leyó con claridad la palabra «conde».

—¿¡Sois el nuevo conde Ansúrez!?

—Lo soy.

—Lo es —confirmó Mateo.

—¿Y por qué no lo habíais dicho antes?

—Porque lo escondo. Soy un blemio, y escondo esa información. —Bemi alzó las cejas ilusionado—. Mira por dónde, ¡sí que tenía una noticia que contaros! Os cuento: soy el conde que esconde que es conde.

Más juegos de palabras. El blemio hablando parecía incansable.

—Ay... Oíd. Tengo algo que contaros.

Ana les narró el encuentro con el comendador Lupercio Quismondo y los pirofrailes.

Mateo y Bemi la escucharon con atención. Bemi incluso permaneció callado. Al oír hablar del comendador y los pirofrailes, una sombra oscureció sus ojos habitualmente alegres.

—Mateo, el comendador dirige el Gabinete Sobrenatural —dijo Ana volviéndose hacia el herrero—. Caza basiliscos, dragones y unicornios.

—Y blemios. Caza blemios —intervino Bemi—. ¿Por qué se lo dices a Mateo? Dímelo a mí. A la cara. ¡Dímelo a la cara!

Ana temió haber ofendido a Bemi. Pero cuando le miró, este había recuperado su sonrisa.

—Yo es que las cosas sobre mi cara me las tomo muy a pecho.

Ana dedicó un instante a contemplar al blemio. Desde que apareció el masticador, todo había sucedido muy rápido. No había tenido tiempo de detenerse a pensar. De repente, volvió a darse cuenta de que estaba hablando con una persona sin cabeza.

—Si tú existes, Bemi... ¿Existen también los basiliscos, dragones y unicornios? Nunca he visto uno. ¿Dónde viven?

Bemi se llevó una mano a la barbilla, encima de su ombligo. Y pensó durante unos segundos.

—Existen, pero cada uno a su manera. Del unicornio existe solo uno. Es un animal único. Por eso se llama así, unicornio.

—¿Qué dices? ¡Se llama unicornio por el cuerno!

—Dragones hay más —continuó Bemi—. Son el fruto de un árbol volcánico que hay en las islas Canarias, el drago. Cuando madura la fruta, cae y, listo, tienes un dragón. Con fuego porque es un árbol de lava. Y con mal aliento. Pero no se lo digas. Se enfadan.

—¿Los dragones son un vegetal? —sospechó Ana, incrédula—. ¿Hablas en serio?

—Son serpientes y reptiles. —Bemi comenzó a contar con los dedos—. Como la culebra, la viperina, la víbora, el áspid, la boa, el lución, los lagartos, la salamandra, que resiste al fuego, el escorpión, muy peligroso, y el basilisco, que mata con la mirada.

—¿Mata con la mirada? ¿Y de dónde salen los basiliscos?

—Los basiliscos tienen muy mal humor. ¿Conoces la expresión ponerse hecho un basilisco? Enfadarse mucho. Pues viene de ahí. Y los basiliscos también.

—¿También qué? No entiendo nada —Ana se estaba desesperando—. ¿De dónde viene el basilisco?

—De su mal humor.

—¿Me estás tomando el pelo? ¿Cómo va a venir de su mal humor?

—Esa es una vieja pregunta —contestó Bemi—. ¿Qué fue antes, el huevo o la gallina? Pues ¿qué fue antes, el mal humor o el basilisco?

—¡Eso es una estupidez!

—¿Te estás poniendo un poco de mal humor?

—¡Un mucho! —exclamó Ana.

—¿Ves? Ahora te pones hecha un basilisco. Lo que yo decía. Primero el mal humor y luego el basilisco.

Ana se dejó caer en una silla, agotada. Estaba claro que el blemio no quería dar información clara sobre esos animales fantásticos.

—Mateo... —murmuró la lectora.

—¿Sí?

—¿Desde cuándo os conocéis Bemi y vos?

—Hace más o menos un mes.
—¿Y nunca se calla?
—Casi nunca.
—¿Y siempre hace esas bromas?
—Casi siempre.
—¿Y cómo le soportáis?
—Al final se le toma cariño.
—¿Cariño? ¿Seguro? No sé yo...
Bemi desplegó su sonrisa:
—Que sí, cabezona.

Ana respiró profundamente, reunió valor y añadió:

—Una cosa más. Os lo cuento, pero no me regañéis. He hecho algo.

—¿Qué tipo de «algo»? —preguntó Mateo.

—¿Qué tipo de «hecho»? —preguntó Bemi.

—En cuanto los soldados se han ido, he liberado al medio ladrón. Al medio masticador —confesó Ana—. No podía permitir que ese comendador y los pirofrailes volviesen, lo descubriesen y lo quemasen. Y pensaba que me ayudaría a recuperar el libro. El ejemplar del *Cristalián*.

—Tu libro ya no existe —afirmó Bemi—. A estas horas estará masticado y engullido por un bibliófago, un jefe de jauría.

—Así que liberaste al masticador... —dijo Mateo—. ¿Al menos te dio las gracias?

—No —contestó Ana—. Me dijo: te debo un favor. Solo uno. Y luego me dio un empujón. Y huyó sin dar las gracias.

—Pues te las doy yo —dijo Bemi—. Gracias.

—¿Me das tú las gracias del masticador?

—Sí. —El blemio asintió con su tórax—. Gracias por librar a alguien del comendador y los pirofrailes.

Ana miró a aquel arquero sin cabeza.

—Tienes unas cosas muy raras, Bemi.

—No tan raras. Ahora mismo tener, tengo hambre, por ejemplo. Que yo no he masticado nada.

—No sé cuándo hablas en serio.

—Es que esto es serio. —Bemi se señaló la boca—. Necesito meterme algo entre pecho y espalda.

A finales del siglo XVI*, el corsario inglés sir Walter Raleigh viajó a América. Allí vio a una extraña tribu de arqueros sin cabeza.*

Lo sabemos porque el corsario escribió un libro, El descubrimiento de Guyana.

Esta imagen pertenece a ese libro. Puedes consultarlo en la British Library en Londres. O en la librería de Némesis Mercurio. Si la encuentras.

Ahora toca saber algo más de Mateo. Es decir, el...

TERCER COMIENZO

Capítulo VIII

Mateo, el chico que tenía ideas

¿Conoces la palabra *robaperas?* Se utiliza para insultar. Para decir de alguien que es una persona de «poca valía que comete faltas de escasa importancia».

Eso es lo que dicen los diccionarios, al menos.

Mateo no era de poca valía. Al contrario, valía mucho, tenía muy buenas ideas, y consiguió hacer cosas importantes.

Pero la verdad es que comenzó robando comida, para él y para sus hermanos. Robando peras. Para ser exactos, las peras de las tierras que abastecían al Alcázar, el castillo real que había en Segovia.

Entrar sin permiso en tierras del rey tenía castigos muy severos. Pero Mateo tuvo una idea.

Había una zona en la que las ramas de los árboles sobrepasaban el pequeño muro que delimitaba las tierras. Si las peras caían en el camino, pensó Mateo, no era robar.

Así que Mateo se fabricó un bastón con un gancho. Desde fuera, agitaba los troncos y recogía los frutos caídos.

No entraba en los terrenos. Pero su método no le gustó un pelo al Hortelano Real que cuidaba los árboles.

Esa fue la primera idea. Después Mateo tuvo otra. El murito estaba muy descuidado. Tenía muchos huecos y consistía tan solo en pequeñas lajas de pizarra amontonadas una sobre otra. Una noche, Mateo desmontó un trozo de muro y lo volvió a montar pegándolo al tronco de uno de los perales, para que sus ramas sobresalieran. Resultado: más peras en el camino. Y más mal humor del hortelano.

Y tuvo una tercera idea.

Había observado cómo los labradores guiaban con estacas el crecimiento de algunas plantas. Mateo fabricó varias varas con un lazo en la punta. De noche, atrapaba los árboles pequeños con el lazo y clavaba las varas fuera del terreno. Después de unas horas, al alba, sin que le descubriera nadie, las quitaba. Así, noche tras noche. El hortelano vio alucinado cómo los árboles crecían inclinados hacia el camino.

Una madrugada, Mateo se entretuvo demasiado. No fue culpa suya. Cuando estaba quitando las varas apareció una cabritilla. Su pelaje brillaba y tenía seis patas. La cabra trotó por el murito, saltó al prado y, al instante, todo el prado floreció.

Después se acercó a Mateo y alargó la cabeza para que el chico la acariciara. Pero no tuvo oportunidad de acariciarla.

Mateo sintió cómo una mano le agarraba por el cuello. El hortelano le había descubierto. Le denunció y fue apresado por los alguaciles de la ciudad.

El hortelano le acusó de robar peras del rey, lo que era grave, y de intentar cazar una cabra, lo que era más grave aún. También dijo, a todo aquel que le quiso escuchar, que la cabra tenía seis patas.

Al día siguiente, un comendador del rey al que nadie había visto antes, Lupercio Quismondo, apareció en Segovia, vendó los ojos a Mateo con un trapo y se lo llevó.

Cuando le quitaron el trapo, Mateo descubrió que estaba en la herrería de una cárcel.

En aquella cárcel había hombres de todas las edades, pero en la herrería solo niños, ladronzuelos como él.

Para Ana, la anciana Beatriz Bernal fue muy importante. Para Bemi lo fue don Osorio. En el caso de Mateo, tuvo a maese Sandalio.

Maese Sandalio era un hombre de una edad indeterminada. Tenía un rostro que a Mateo le recordaba a la cabeza de un águila. Con su pelo corto y castaño, la frente lisa y despejada, los ojos alegres y la nariz curva. Bajo la nariz, unas barbas con unos bigotes grandes y una boca pequeña donde le quedaban solo unos pocos dientes. Seis, según él mismo decía.

Maese Sandalio era el maestro herrero y Mateo fue el mejor de sus alumnos. Aprendió a templar, golpear y moldear.

Sandalio no era un guardia de la cárcel, también estaba preso. Había intentado estafar a mucha gente. Su lema, que siempre repetía entre risas, era: «Que el cliente nunca quede satisfecho».

Sandalio era muy buen herrero. Pero años antes, cuando tenía su herrería propia, pensó que, si hacía sus herramientas con algún defecto, las herramientas y herrajes se romperían, el cliente se vería obligado a volver y él tendría más trabajo. Le funcionó un tiempo. Pero al final tanto cliente insatisfecho le llevó a él y a su talento a la cárcel.

Por lo demás, a Mateo, Sandalio le parecía un buen hombre. Cuando conseguía algo de miel, untaba granos y semillas con ella y alimentaba a los pájaros de la zona. La herrería de la cárcel se llenaba de calandrias, ruiseñores y otras avecillas. Y eso hacía más llevadera la prisión.

A veces les encargaban hacer grandes llaves, que los grandes señores usaban para adornar sus grandes salones.

Mateo se hizo un experto en fabricar ese tipo de llaves.

Y tuvo una idea.

Una idea original. Como las que solo se le ocurrían a él. Pero no la puso en práctica hasta que llegó la visita.

En realidad en esa cárcel no se permitían visitas. Alguien había sobornado a uno de los guardias para poder hablar unos minutos con Mateo. ¿Quién podía gastar tiempo y dinero en encontrarse con un ladronzuelo como él?

Se trababa de un desconocido, encapuchado, no muy alto. Llevaba un arco.

—No tenemos mucho tiempo para hablar —dijo el encapuchado—. Lo que particularmente me molesta bastante. En fin. Yo he visto una cabra de seis patas que hace florecer los árboles. Apareció en mi patio. Un hortelano me ha dicho que tú viste una igual. ¿Es cierto?

—Sí.

—A mí me dejó acariciarla. ¿A ti también?

—Sí. Pero no me dio tiempo.

—Estupendo. Qué respuestas más cortas. Yo no podría darlas. ¿Conoces la leyenda de Némesis Mercurio?

—No. Pero conozco la leyenda de las catorce espadas melladas que conceden deseos.

—De acuerdo. Yo te contaré mi leyenda y tú me contarás la tuya... Ahora solo tenemos que encontrar cómo sacarte de aquí.

—Yo ya he tenido una idea.

—¿Sí? Magnífico. Te espero a medianoche, cuando no haya nadie, al otro lado del muro, con un caballo.

—No, mejor a mediodía, cuando haya más gente trabajando en la forja.

—¿Con más gente? Bueno, la idea es tuya. A mediodía.

—Vale. ¿Eso es todo?

—Sí. Bueno, eso y que no tengo cabeza.

Mateo hizo una pausa. Luego dijo:

—Vale.

A mediodía, Mateo se levantó a escondidas. Tomó las dos grandes llaves en las que había estado trabajando. Las unió en una argolla.

—Maese Sandalio, por favor, seguid trabajando. Gracias por todo. Yo me voy.

—¿¡Qué dices, Mateo!?

—Que me voy.

Sandalio siguió trabajando, como el resto. El ruido de la forja cubrió el sonido que hicieron las grandes llaves de Mateo cuando este las hizo revolear hasta que se engancharon en un saliente del muro. Trepó por ellas. Se encaramó al saliente. Revoleó de nuevo las grandes llaves hasta que una de ellas encajó en el borde del muro. Volvió a trepar. Lanzó las llaves al otro lado. Saltó al árbol más cercano. De ahí, al suelo. Recogió las llaves. Tomó las bridas del caballo que le ofrecía el encapuchado. Montó en el caballo y huyó.

El encapuchado le dijo su nombre y su apellido: Bemi Ansúrez. Primero le dijo solo eso, nombre y apellido, y luego ya, en todo el día, no paró de hablar.

Capítulo IX

Dos leyendas

Mateo cuenta su leyenda

—Ana, Bemi, atended. Según me dijo maese Sandalio, entre los herreros se cuenta una leyenda acerca de un hombre, no un herrero sino un experto en letras, que encontró una forma de unir palabras, magia y metal. Su nombre era Juan de Ycíar. Fabricó algunas armas poderosas. Pero la más poderosa de todas fue un conjuro que encerró en catorce espadas. Espadas melladas, incompletas. El que consiga forjarlas enteras, completarlas, conseguirá tres deseos. Un deseo relacionado con el gobierno, otro relacionado con el tiempo y un tercero relacionado con el comercio. Esa es la leyenda.

—¿Ya está contada? ¿Tan corta? —se quejó Bemi—. Pues menudo desperdicio de leyenda. ¡Hay que adornarlas un poco más, hombre! Qué chico más soso.

—No podemos entretenernos...

—Bueno, pero la leyenda de Némesis Mercurio la cuento yo.

Bemi cuenta su leyenda

—En ese patio ruinoso de ahí, vi a una cabra única. Un animal que hace florecer los árboles, aunque estén secos. Una cabra con seis patas como la que vos visteis. Pertenece a una librera muy especial. Imaginad una ancianita. En su cuerpo pequeño y arrugado, habita la sabiduría de cientos de años y miles de libros. Es la librera de una librería secreta. Que aparece y desaparece por arte de magia en los claros de

los bosques. Tiene los libros más valiosos. Manuscritos originales enviados por los escritores a cambio de brújulas salvoconducto para poder visitar la librería. Los sabios quieren esos libros para leerlos. Los masticadores, para comerlos. Ahora imaginad una noche sin luna, como si al horizonte se lo hubiera tragado una boca oscura. Y en el extremo, en la comisura de esa boca que es la noche, aparece un...

—¡No hay tiempo, Bemi! —interrumpió Mateo—. Termino la leyenda yo.

—¿Qué? ¿Por qué? ¡No!

Mateo termina la leyenda de Bemi (para su disgusto)

—Los enemigos naturales de Némesis Mercurio son los masticadores. Como ese que conociste. Los masticadores se alimentan de libros. Se comen los libros que encuentran. Pero roban los más especiales u originales para llevarlos al jefe de su jauría. Por eso se llevaron el *Cristalián* de la señora Bernal. Es un libro especial, el ejemplar personal de una escritora.

—Entiendo —dijo Ana.

—Pero ahora el mayor peligro no son los masticadores. Sino ese comendador, Lupercio Quismondo. Él sabrá que Juan de Ycíar, el forjador, escribió primero un libro sobre el arte de escribir. Así que seguramente escribió también uno sobre el arte de forjar. Y Némesis Mercurio tendrá una copia. O la única copia. ¿Lo he explicado bien, Bemi?

—Fatal. Muy corto. Y muy soso.

—En fin, da igual —continuó Mateo—, si alguien como ese comendador y los pirofrailes encuentra a Némesis Mercurio, será un desastre.

—La ancianita librera estará acabada... —se preocupó Ana.

—Y si la leyenda de las espadas es cierta y el rey y el papa piden los tres deseos... No será un mundo fácil. Acabarán con todo aquel que consideren peligroso o diferente. O a quien no puedan controlar. Seamos nosotros o sean los masticadores.

—¿Los masticadores son nuestros aliados?

—Los masticadores no son aliados de nadie. Pero sí que peligrará su cabeza.

—Y la mía —añadió Bemi—. Si la tuviera, claro.

Ana sacó una hoja y la desenrolló.

—Doña Juana me dio esto como brújula salvoconducto. Pero no lo entiendo. Es la hoja de calcular que tenemos en la taberna.

—Nunca había visto una —dijo Mateo—. ¿Para qué la usabais?

—Para hacer cuentas delante de los clientes. Es muy útil. Me enseñaron que el cliente siempre debe quedar contento y satisfecho.

—A mí maese Sandalio me enseñó todo lo contrario —murmuró Mateo.

Ana agitó la hoja calculadora.

—La verdad, no sé qué tiene que ver con Némesis Mercurio.

Uno de los cuadrados de la hoja se encendió como si fuera una luciérnaga.

—Repítelo —dijo Bemi.

—¡Sí, repite el nombre!

—Némesis Mercurio.

Otro cuadrado encendido.

—¡Némesis Mercurio!

Otro más.

Ana repitió el nombre hasta que se dibujó una flecha. Si movía la hoja, la flecha se redibujaba, orientando siempre en la misma dirección.

La brújula salvoconducto indicaba el camino. ¡Ya podían encontrar la librería secreta!

Partieron al momento, guiados por esa flecha. Ana y Mateo, ilusionados. Bemi, hambriento. Al final no había comido nada.

Capítulo X

En un claro del bosque, una librería

En realidad, a pesar del hambre, si Bemi hubiera podido ver la comitiva desde fuera, le hubiese gustado. Formaban un grupo nada común, dispuesto a vivir una aventura también nada común, como las que a él le encantaba contar. Tres jinetes bajo la luz de la luna. Una chica, un chico y un blemio. Guiados por una flecha luminosa.

Internándose de noche en un bosque.

Abandonando los caballos cuando la espesura les impedía avanzar.

Saltando, de piedra en piedra, un arroyo.

Tomando un serpenteante sendero.

Y encontrando, al final del sendero, en un claro del bosque, una librería.

Era un edificio alargado, transparente y circular, que recordaba al tapón de un frasco de vidrio. Tanto el tejado como los muros brillaban a la luz de la luna. No era ninguna magia. Cuando se acercaron, comprobaron que la librería estaba construida con lapislázuli y vidrio, como una elegante botella veneciana.

Junto a la librería estaba pastando la cabra de seis patas, que saltó de alegría al verlos. El prado que rodeaba a la cabra estaba lleno de flores.

Abrieron la puerta de vidrio y entraron. Dentro no había nada. Ni un solo estante. Ni un solo libro. Lo único que vieron, en el centro de aquella sala circular, fue la boca de un gran pozo, cubierta por una tapa también de cristal.

—Aquí no hay nadie.

—No lo entiendo.

—Me quedo sin palabras —dijo Bemi—. Bueno, palabras sí me quedan. Estoy asombrado, desconcertado, algo decepcionado...

—Paciencia... —pidió una voz.

—Sorprendido, admirado, pasmado, estupefacto...

—HE DICHO QUE PACIENCIA.

Las paredes de vidrio retumbaron con aquel grito.

La tapa del pozo se abrió y apareció Némesis Mercurio.

Una librera. Y, en sus brazos, un dragón.

El dragón era más bien pequeño. Un lagarto con alas, que tenía el hocico en forma de estrella y garras muy anchas. Ana había visto cigüeñas más grandes.

Pero Némesis Mercurio era enorme. Más de tres varas de altura, coronadas por una abundante mata de pelo rizado y violeta. Los hombros anchos como la mesa de amasar de la cocina de la casa de huéspedes, y sus brazos gruesos como el tronco de un olivo. Aros en las orejas, el gesto adusto y dos ojos tan azules que parecían de lapislázuli también.

Ana no había visto a ninguna mujer tan grande. Ni hombre. Ni a nadie. Pero sí había leído sobre ellas.

—¡Sois una jayana! ¡Como las de los libros!

—¿Jayana? ¿Qué te parece, Astron, lo que me llaman? —dijo la librera a su dragón—. Bonita forma de saludar.

—¿Qué es una jayana? —preguntó Mateo.

—Una giganta —respondió Bemi señalando—. Así, grandona como ella.

Némesis agarró al blemio y lo alzó como si fuera un bebé.

—Cuidad vuestros modales. No habléis de mí como si no estuviera delante. Os partiré como a una nuez.

Bemi se aclaró la voz. Puso su mejor sonrisa y dijo con tono cortés:

—Estimada señora, os ruego que me perdonéis. ¿Seríais tan amable de no partirme ni devorarme? Os quedaría muy agradecido.

Némesis dejó a Bemi en el suelo.

—Parto huesos —dijo la librera—, pero no tengo por costumbre devorar blemios.

—Es un consuelo saberlo.

—Aunque las costumbres cambian —gruñó Némesis mostrando los dientes.

Bemi se volvió hacia Ana y Mateo.

—¿Y esta es la ancianita a la que tenemos que proteger? —preguntó el blemio.

Ana volvió a observar a Némesis Mercurio. La verdad es que la librera no se veía muy indefensa.

De repente, el dragón aleteó. La estrella de su hocico onduló. Estaba formada por pequeños tentáculos rosas. Siseó algo en un extraño lenguaje compuesto por aire y silbidos.

—¿Qué pasa, Astron? ¿Masticadores? Los machacaré si se atreven a acercarse.

Pero el dragón no parecía tranquilo. Siseó algo más.

—¿¡Qué!? ¡También dos grandes bibliófagos! —entendió Némesis. La giganta señaló con su enorme dedo índice, uno a uno, a Ana, Bemi y Mateo—. Es culpa vuestra. Os han seguido. Nos vamos. No puedo poner en peligro la librería. ¡Deprisa! ¡Todos adentro!

La librera cerró la puerta exterior, abrió la tapa del pozo y dio un salto dentro. Con un aleteo, el dragón la siguió.

—¡Mirad! —alertó Mateo en dirección al bosque.

De entre los árboles había surgido una jauría, casi un ejército, de masticadores. Hombres y mujeres, perros y perras, que corrían con sus cuerpos dobles a gran velocidad.

Y detrás, los dos bibliófagos mencionados por la librera, dos gigantes del tamaño de Némesis Mercurio, con cabezas más de lobo que de perro y dientes afilados como dagas.

—Decidido —sentenció Bemi—. Prefiero el pozo.

El blemio siguió al dragón. Y Mateo y Ana, al blemio.

Dentro del pozo había una escala de cuerda que descendía. Cuando puso un pie en esa escala, Ana se acordó de repente de la cabra. La habían dejado fuera.

Salió del pozo y abrió la puerta exterior de la librería. A un lado, muy asustada, estaba la cabra. Le costó verla porque su pelaje había perdido su brillo habitual. Las flores a su alrededor se habían vuelto mustias. Ana corrió hacia ella y la tomó en brazos.

Varios masticadores llegaron ya hasta allí. Hombres, mujeres, perros, perras. Rodearon a Ana impidiéndola volver.

Ana no quería dejar sola a la cabra. Pero, por suerte, a ella tampoco la habían dejado sola.

Mateo y Bemi se situaron a su lado.

Las enormes llaves de Mateo volaron lanzando golpes metálicos aquí y allá. Golpes desordenados pero eficaces para mantener alejados a los masticadores.

Bemi, por su parte, repartió con su arco toques de madera con gran precisión, derribando devoradores de libros. El blemio también lanzaba flechas a masticadores lejanos. Su puntería era tan extraordinaria que le permitía atravesar los faldones de las ropas de aquellos enemigos, haciéndolos tropezar y rodar por el suelo, en un torpe amasijo de hocicos, narices, manos y garras.

Pero los masticadores eran muchos. Y los gigantes, a los que Némesis Mercurio había llamado bibliófagos, estaban ya muy cerca. Sus bestiales mandíbulas, cuanto más cerca estaban, más grandes y feroces parecían.

—¡Bemi, dispárales a la cabeza!

Ana no entendía por qué el acéfalo, con esa puntería letal que poseía, no hería directamente a aquellos monstruos.

—No. No soy ese tipo de arquero —se limitó a responder el blemio.

Mateo tumbó a uno de aquellos seres, consiguió romper el círculo de masticadores y se abrió paso hacia la librería.

—¡Por aquí! —gritó el herrero.

Bemi siguió a Mateo. Y Ana, con la cabra en brazos, siguió al blemio.

Junto a la puerta, una masticadora intentó morderla. Al mismo tiempo, un masticador se abalanzó sobre Ana y la golpeó con fuerza.

Fue un golpe extraño. Más bien un empujón.

Ana cayó con la cabritilla dentro de la librería. Mateo cerró la puerta. Estaba a salvo. Entonces, a través del vidrio transparente, Ana reconoció al masticador que la había empujado. Era el masticador de la casa de huéspedes. El que ella liberó. Las dos partes se habían vuelto a unir. Y le había devuelto el favor.

Ana saltó por fin con la cabritilla dentro del pozo. Al bajar por la escala sintió cómo la librería se ponía en movimiento, introduciéndose bajo tierra.

Al final de la escala había una gran plataforma. Allí estaba ya Mateo. En su cara, una gran boca abierta. Y Bemi. Otra gran boca abierta, esta en el torso. Ana miró en derredor. Y el asombro también invadió su rostro.

La librería del claro del bosque no solo parecía el tapón de una botella, sino que lo era. La parte superior de un formidable frasco de vidrio cuyo cuerpo era una sala inmensa, un cilindro inacabable lleno de estanterías traslúcidas. Y cientos, miles, cientos de miles de libros, pergaminos, rollos, mapas y todo tipo de escritos que la mano humana alguna vez creó.

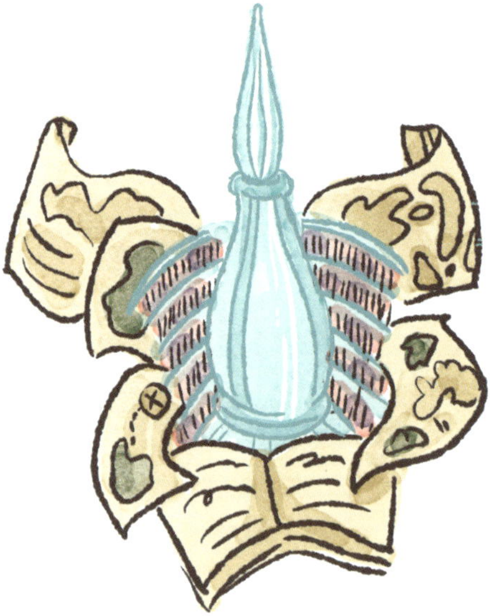

Capítulo XI

Némesis Mercurio, la librera

Ana enseguida se dio cuenta de que Némesis Mercurio no era una ancianita débil a la que proteger. Sus modales eran bruscos. Su tamaño imponía. Pero además tenía una fuerza que hervía en su interior, que se traducía en su mirada, en su voz, incluso en ese pelo blanco y salvaje que no se parecía en nada a las canas de la anciana Beatriz Bernal.

Al ver a la cabra a salvo, en lugar de alegrarse, la regañó.

—¡Ni se te ocurra volver a hacer eso, Eresma! —Al parecer, la cabritilla se llamaba Eresma—. ¡Como vuelvas a ponernos en riesgo, cenaré cabra asada!

Némesis lanzó esta amenaza y después se marchó, dejándolos solos en la librería. Y Ana no encontró ni la ocasión ni el valor para preguntarle por el comendador, los pirofrailes y todo ese nuevo mundo de magia que se estaba abriendo ante ella.

Pero algo en su interior le decía que debía tener paciencia. Quizá porque fue la primera palabra que escuchó decir a Némesis: paciencia.

—Gracias —le dijo Bemi a Ana.

—¿Qué? ¿Por qué me das las gracias?

—No son mis gracias. Son las de Némesis —precisó el blemio—. Gracias por haber salvado a su cabra.

Mateo se rio:

—¿Ya estás dando las gracias de otros?

—Sí. Es una costumbre que tengo.

Ana señaló el arco de Bemi y preguntó:

—¿Por qué no disparaste al cuerpo de los

masticadores? Con tu puntería les hubieras herido seguro.

—Los blemios solo disparamos para cazar. Es nuestra costumbre. Y solo cazamos para comer.

—¿No disparas al cuerpo aunque tu vida corra peligro? Tienes unas costumbres muy extrañas.

—Los blemios somos así. —Bemi respiró hondo con cierto orgullo. Al hacerlo, su cara se hinchó—. Y nos tomamos nuestras costumbres muy a pecho.

A Ana se le escapó una sonrisa.

—¡Te ha hecho gracia!

—No.

—¡Sí! ¡Te has reído!

—Que no —repitió Ana.

«Pero sí», pensó.

Ana observó que a la librera le gustaba salir al exterior con sus dragones topo. Se sentaba sobre el cuello de la botella, y desde allí dirigía, encantada de llenarse de polvo, tierra y humedad.

Viajaban por caminos subterráneos, arrastrados por una veintena de aquellos pequeños dragones topo. Solo Astron tenía el hocico estrellado. El resto lucía un hocico normal.

Para Ana resultaba hipnótico verlos trabajar. Si la librería hallaba un río subterráneo, los dragones descansaban dejando que el vidrio navegara con suavidad. Si entraban en una gran gruta, volaban. Y si tocaba excavar, sus zarpas horadaban la tierra con facilidad.

Ana aprendió pronto a distinguir qué cuevas habían sido horadadas por los dragones y cuáles llevaban allí siglos formadas por la acción lenta pero constante del agua. Era sencillo. Las estalagmitas, las estalactitas, las columnas de aspecto pulido adornaban esas grutas milenarias esculpidas por el agua. La librería maniobraba constantemente para esquivarlas.

Su estancia en la librería permitió a Ana también comprobar que, como ella sospechaba, el hablador Bemi no decía toda la verdad cuando hablaba de seres fantásticos.

Los dragones no tenían mal aliento, como había afirmado el blemio. De hecho, esos dragones topo ni siquiera echaban fuego.

Y los unicornios no eran solo un único unicornio.

Durante el viaje, la librería ascendió y llegó hasta una gruta enorme que terminaba en un acantilado desde el que se veía el cielo. Y unicornios.

El suelo de esa caverna estaba cubierto de hierba, y allí pastaba una manada de aquellos animales de un solo cuerno.

Némesis salió de la librería acompañada solo de Eresma. Astron arrugó el hocico estrellado y siseó disgustado.

—Ya conoces las normas. No se mezclan reptiles y unicornios —dijo Némesis.

—Yo no soy un reptil —dijo Bemi dando un paso adelante.

La librera le atajó como quien agarra un polluelo.

—Gente tampoco —negó tajante Némesis—. Este es uno de los refugios.

—Pues a ver si os aclaráis —masculló el blemio—. Los blemios somos gente cuando os conviene.

Ana se percató de que Némesis había dicho «uno de los refugios». ¿Eso significaba que había más? ¿De unicornios o de otros tipos de animales? La lectora no se atrevió a preguntar. No había visto a ningún basilisco, pero tenía la impresión de que Némesis, con su mal humor, podría fulminarla con la mirada.

En una de sus entradas y salidas de la botella gigante que era aquella librería, Némesis Mercurio dejó de cabalgar la librería, se acercó a un estante y extrajo dos libros.

Se los mostró. Primero uno:

—Este es el libro más famoso de Juan de Ycíar: *Arte sutilísima de escribir.*

Algo en esos libros producía dolor en la librera.

—Juan era para mí más que un amigo. Trabajó aquí. Fue mi aprendiz. Pero luego se dejó presionar por el rey para fabricar armas. Cometió un gran error. Cada vez le presionaron y amenazaron más. El rey y el papa querían armas más poderosas. Mágicas. Que concedieran deseos, como en las leyendas. Fabricó varias y al

final se retiró. Se ocultó del mundo. Y murió viejo, solo y amargado.

Luego mostró el otro libro:

—Y este es el libro mágico de Ycíar: *Arte sutilísima de forjar.*

—¡Es lo que ponía en la espada del comendador! —recordó Ana—. La que corta a distancia.

—Sí. Esa espada la forjó Juan de Ycíar —confirmó la señora Mercurio—. Este es el libro que buscan Quismondo y los pirofrailes. El que quieren el rey y el papa. Esta es la única copia que existe.

Los dos chicos y el blemio se retiraron a un rincón con el libro, alejándose de Némesis Mercurio.

Ana y Bemi solo pudieron comprender el título de ese libro secreto, nada más. El interior estaba lleno de dibujos y símbolos. No tenía letras.

Mateo, justo al contrario, no podía leer el título. Pero el interior lo entendía sin ningún problema.

—Ya sé por qué el comendador me llevó a la herrería. A mí y a otros que no conocemos las letras —dijo el chico—. Este libro solo tiene dibujos. Está hecho para alguien que sepa de herrería y no sepa leer.

—Es lo que avisa el poema —recordó Ana—: «Nadie que pueda estas letras leer, invocará a su gusto el poder». Ese eres tú.

—Sí, puedo ser yo —aceptó Mateo—. O alguien como yo. Podría también entenderlo otro.

—Por eso creo que Némesis quiere que resolvamos el conjuro. Para que no lo haga otro —murmuró Ana—. Está de nuestra parte.

—¿Tú crees? —dudó Bemi bajando la voz—. Yo creo que es una bruja peligrosa y le gustaría partirnos el cuello.

—Es una librera, no una bruja. Y tú no tienes cuello.

—Razón de más. Hay que ser muy peligrosa para partir el cuello a alguien sin cuello.

—¿Por qué piensas que está de nuestra parte, Ana? —preguntó Mateo sin dejar de leer el libro.

—Por la cabra. Eresma. Yo la vi. Y se me dan bien las letras. Tú la viste y has entendido el libro de herrería. Y Bemi también la vio.

—Ya —dijo el muchacho—. Estoy leyendo cómo forjar. Entiendo las instrucciones. Pero me falta el fuego. El fuego que da la magia.

—Pues a mí no me miréis —dijo Bemi—. Sí, vi a la cabra. Pero no sé nada de magia. Yo sé de árboles. Y de usar el arco. Si queréis, os puedo conseguir leña para el fuego.

—No, no es ese tipo de fuego —respondió Mateo señalando una página en concreto del libro donde aparecían unas llamas dibujadas.

—¿Qué tiene de especial? —preguntó Ana, observando aquellos dibujos que para ella no significaban nada.

—No hay que encenderlo. Hay que cazarlo. Es el fuego de un rayo.

—¡Por eso la R es el centro del soneto! —exclamó Ana—. R de rayo.

Ana había alzado la voz. Némesis la miró con curiosidad.

—Sí —repitió Mateo—. Según el libro, hay que cazar un rayo.

El blemio extendió sus brazos y dijo:

—Eh... Bueno. Eso sí.

—Eso sí, ¿qué?

—Cazar un rayo. Eso sí que sé hacerlo. Pero necesito una tormenta.

Némesis apareció a su lado de repente. Para ser tan grande, se movía de forma muy sigilosa.

—Sin problema, renacuajo. La tormenta la encuentro yo.

—¿Renacuajo? ¿Me ha llamado renacuajo?

—¿Podéis encontrar tormentas? —Ana aplaudió—. Muchas gracias, señora Mercurio.

—Os dije que era un poco bruja —masculló Bemi.

—Sí, eso dijiste —asintió Ana—. Y yo te dije que estaba de nuestra parte.

Capítulo XII

El arte de cazar rayos

Bemi cuenta cómo cazar un rayo

—El arte de cazar rayos solo requiere tener justo lo que su nombre indica. Un rayo, un cazador y un poco de arte.

—Bemi, al grano... —le pidió Ana.

—El rayo se ve. Seguro que alguna vez lo habéis visto. Lo que se ve es el relámpago. El rayo también se escucha. Seguro que también lo habéis escuchado. Su sonido es el trueno. Y también se caza. No para comer, porque no tiene buen sabor. Un rayo, como podéis imaginar, sabe a rayos.

—Bemi...

—Vale. Sigo. Lo que no sabe la gente es que el rayo tiene un latido. Como el sonido de nuestro corazón. Llevaos la mano a la mejilla izquierda. ¿Sentís los latidos de vuestro corazón?

—Nosotros no tenemos el corazón ahí, Bemi.

—Bueno. Lo importante no es el sitio. Sino tener corazón. La gente sin corazón no suele ser buena gente. Además, resulta bastante descorazonadora.

—¡Bemi!

—A lo que voy, el latido. Los rayos tienen su corazón. Y por tanto también tienen su latido. Y los que siguen latiendo después del relámpago, después del trueno, esos son los que se cazan. Son los rayos latentes.

—De acuerdo.

—Se llaman latentes porque laten.

—Muy lógico.

—No creáis que todo es tan lógico. Los rayos se llaman rayos y no tienen rayas.

—Madre mía, Bemi...

—Es verdad. Son siempre de un solo color.

—TERMINA, BEMI.

—Voy... A menudo, cuando una tormenta descarga sobre un bosque, caen rayos sobre los árboles. Y a veces, solo a veces, el rayo se queda dentro del árbol. Latiendo. Un fuego encendido. Hay que encontrar uno de esos árboles. Dentro tendrá una llama deseando salir. Se introduce una cuerda de yesca que lleve a una linterna de hierro con leña. El fuego saldrá por la yesca, entrará en la linterna y prenderá la leña. El rayo quedará en la linterna, allí enjaulado. Así se caza un rayo.

Némesis Mercurio condujo la librería y la hizo emerger en cuatro bosques diferentes. En todos el cielo estaba nublado. Sabía dónde encontrar la lluvia. Pero no se detuvo hasta que su dragón topo, Astron, se lo indicó.

En todas las ocasiones el dragón movió su hocico estrellado. Solo en el quinto bosque dio su aprobación.

Sobre ese bosque cayó una tormenta. Lluvia, truenos y relámpagos.

Cuando terminó la tormenta, tal como había indicado, Bemi buscó un árbol que contuviera un fuego latente. Le ayudó Eresma, indicándole a qué parte del bosque dirigirse.

Una vez encontrado el árbol. Bemi introdujo la cuerda de yesca por un agujero de la corteza. El fuego prendió la yesca, entró en la linterna y encendió la leña.

Así el blemio cazó un rayo.

Ana volvió a pensar que la reunión de ellos tres no podía ser casualidad. Sintió que Némesis Mercurio los había seleccionado. Y que, a través de Eresma, la cabra, los había reunido.

Ya tenían un rayo. Ahora necesitaban un plan.

—¿Qué hacemos? —preguntó Ana a la señora Mercurio—. ¿Cuál es el plan?

—A mí no me preguntes —fue la abrupta respuesta—. Yo soy librera. Pídeme un libro, no un plan.

—Yo tengo una idea —dijo Mateo.

—Me parece una buena idea —le apoyó Bemi.

—Si todavía no la ha dicho —protestó Ana.

—Fíjate si será buena —dijo el blemio— que no necesito escucharla. ¿Qué hace falta, Mateo?

Mateo se llevó un índice a los labios, pensativo. Como si, antes de hablar, tuviera que callarse a sí mismo. Luego dijo:

—Creo que tenemos todo lo que necesitamos. Según el libro mágico, son tres cosas. Un rayo. Y me lo has conseguido tú, Bemi. Un herrero que no sepa leer. Ese soy yo. Y una lectora. Una lectora valiente. Esa es Ana.

—¿Yo?

—Alguien que una los versos. Que una, rime y acierte.

Ana primero se sorprendió. Pero al momento recordó el segundo consejo de doña Beatriz Bernal: sé valiente como Minerva.

Ana asintió. Estaba dispuesta a ser valiente.

—De acuerdo, es lo que me recomendó mi señora doña Beatriz. Seré valiente —afirmó. Y luego preguntó—: ¿Qué planeas hacer, Mateo?

El herrero, al contrario que el blemio, era un muchacho callado. Pero Ana tenía la sensación de que la mente de Mateo era un hervidero de palabras, de ideas que se movían intentando encajar.

—Pues... —dijo Mateo al cabo de unos segundos— haré también lo que me recomendaron. Aplicaré las cnseñanzas de maese Sandalio —fue su extraña respuesta.

Después, el muchacho se volvió hacia Némesis Mercurio.

—Ahora solo necesitamos mandar un mensaje. Que llegue a Lupercio Quismondo y a los pirofrailes. Incluso que llegue hasta el rey y el papa de Roma.

La librera agitó su melena rizada. Luego afirmó:

—Para un mensaje así, lo importante es el mensajero. ¿Te animas, Astron?

El dragón desplegó sus alas, onduló la estrella rosada de su hocico. Después se tumbó exhibiendo las escamas de su lomo alargado.

Algunas de las escamas se iluminaron, con una luz similar a la que Ana vio en la hoja calculadora. Las escamas luminosas formaron un mensaje: *Por supuesto que sí.*

—¡Un mensaje en un lagarto mágico! —se sorprendió Ana—. ¡Eso lo escribió la señora Bernal en *La aventura del lago de Larenta!*

Némesis Mercurio lanzó una carcajada.

—Sí, pequeña. Pero recuerda: esta no es esa aventura. Esta es la tuya.

Esta imagen pertenece al libro
Arte sutilísima de escribir
que Juan de Ycíar escribió en el siglo XVI.

Puedes leer su primera edición
en la Biblioteca Nacional. Y comprar ediciones nuevas
en muchas librerías. Este libro, sí.

Su segundo libro, Arte sutilísima de forjar,
solo lo puedes consultar en un sitio:
la librería de Némesis Mercurio. Si la encuentras.

Y aquí llega el final de esta aventura que,
cosas de la vida, es al mismo tiempo el...

CUARTO COMIENZO

Capítulo XIII

Tres acuerdos a cambio de tres deseos

Volvamos atrás en el tiempo.

Un año antes, en 1579, un día que debe permanecer en secreto, en un lugar que no puede decirse y a una hora que nadie puede saber, se reunieron el rey Felipe II y el papa Gregorio XIII para conseguir dominar el mundo.

Aunque Juan de Ycíar había desperdigado las espadas por los rincones más alejados del Imperio español, los soldados de Felipe se habían hecho con siete de esas armas melladas. Y los espías del papa, con las otras siete.

Delante de esos dos hombres tan poderosos estaban las catorce. Las habían reunido todas.

Y otra espada más. La del comendador.

Lupercio Quismondo había encontrado otra espada más que no formaba parte del soneto. La primera arma que forjó Juan de Ycíar con fuego de rayo. En su hoja se leía: Arte sutilísima de forjar.

Esa primera hoja forjada ya poseía un poder mágico. El rey y el papa sonrieron. Si Juan de Ycíar había logrado forjar esa hoja, la leyenda de las catorce espadas melladas podía ser cierta.

Faltaba, eso sí, ordenar las espadas y resolver el conjuro.

Quien lo lograra conseguiría, como en los viejos cuentos, tres deseos: uno sobre el poder de reinar, otro sobre el control del tiempo y un tercero sobre la riqueza del comercio.

El rey y el papa no confiaban uno en el otro.

Además, eran tres deseos a repartir entre dos. Ninguno deseaba ser generoso.

Sin que lo supiera el papa, Felipe encargó al comendador que le consiguiera al menos dos deseos. Y sin que lo supiera el rey, el papa pidió a los pirofrailes lo mismo.

Esos dos hombres poderosos estaban dispuestos a traicionarse, pero no tuvieron oportunidad.

Durante un año nadie logró resolver el conjuro. Cada herrero que intentaba completar esas espadas y leía el soneto, por brujería o encantamiento acababa sumido en un profundo sueño.

En ese lugar secreto cuya ubicación no debe decirse, una habitación se llenó de herreros dormidos.

Así hasta que, harto de esperar, Lupercio Quismondo pidió permiso al rey para partir en busca de la librería inencontrable, la librería de Némesis Mercurio.

Quismondo, experto en lo sobrenatural, sabía que allá donde hubiera masticadores o una cabra de seis patas, la librería no estaría muy lejos.

Aun así, no logró encontrarla.

Fue la librería, un año después, la que le encontró a él.

En el majestuoso castillo que se alzaba en Segovia, en su también majestuoso patio de armas, apareció un agujero. En el agujero, una estrella rosa. Tras la estrella rosa, un dragón.

—¡Qué es eso!

—¡Un monstruo!

—¡Un dragón!

—¡QUEMADLO!

Los pirofrailes siempre tenían la misma solución para todo.

Pero allí estaba también Lupercio Quismondo. El comendador detuvo a soldados y pirofrailes.

Astron, el dragón, salió del agujero. Se acercó al comendador e iluminó sus escamas.

Tres acuerdos a cambio de tres deseos.

El dragón alzó la cabeza hacia Quismondo. Tenía una carta doblada en la boca.

El comendador apoyó una mano en la empuñadura de su espada. Y, con cuidado, alargó la otra mano y cogió la carta.

Era una carta para él, para el rey y para el papa.

Y estaba dirigida a ellos por un niño herrero, Mateo, una criada lectora, Ana, y un caballero llamado Bemi Ansúrez.

Les ofrecían lo que querían ambos bandos, bando real y bando papal: terminar de forjar las catorce espadas. Conseguir así los tres deseos.

A cambio pedían tres acuerdos:

I) El perdón real para Mateo y Sandalio.

II) La recuperación del prestigio de la casa Ansúrez, para su nuevo conde Bemi Ansúrez.

III) Y, lo más raro de todo, el reconocimiento de que una dama ya fallecida, doña Beatriz Bernal, era la autora de la novela conocida como *Cristalián de España,* o sencillamente, el *Cristalián*.

Tres acuerdos a cambio de tres deseos.

Lupercio Quismondo sacó el sello real que le había dado el rey Felipe. Lo mojó en tinta y lo estampó en aquella carta.

—Ya sabéis lo que tenéis que hacer —dijo a los pirofrailes.

—¿Quemamos la carta?

—¡No! Selladla.

Los pirofrailes, de mala gana, utilizaron el sello papal y lo estamparon en la carta.

Los tres acuerdos estaban sellados.

Astron recogió la carta sellada con la boca.

Sus escamas se iluminaron de nuevo.

Seguid a la cabra de seis patas.

Y el dragón desapareció por el agujero.

La reunión fue esa misma noche. En el único espacio despejado de un denso bosque estaba la librería. Junto a la librería, Ana. Y a su lado, Mateo.

En las manos del chico, un libro único que ya conoces, un manual de herrería mágica.

Ana vio llegar a Lupercio Quismondo y a los pirofrailes, guiados por la cabra Eresma.

Lupercio Quismondo avanzó con precaución. Murmuró algo que nadie oyó y entregó a regañadientes las espadas melladas a Mateo. No se fiaba.

A partir de ese momento, observó todo el proceso con su refulgente espada desenvainada, al mismo tiempo que siete ballesteros apuntaban a los dos niños.

Los pirofrailes, también desconfiados, acudieron en masa.

Ana contó nada menos que treinta. Cada uno con una antorcha encendida.

Estaban muy nerviosos. Para ellos, Astron era un monstruo. Pero una cabra de seis patas, también. Y debían ser quemados.

Eresma se situó al lado de Ana. La lectora le acarició su cabeza suave y huesuda a la vez.

Mateo siguió las instrucciones del libro que tenía en sus manos. Utilizó un fuego que él mismo trajo en una linterna de metal: el rayo cazado por Bemi.

Forjó un disco, un pequeño redondel. Lo golpeó sobre un yunque y lo enfrió en un cubo de agua, como le había enseñado maese Sandalio.

Después, Ana escribió en él la letra R.

El muchacho no sabía leer, así que también fue Ana la encargada de colocar las catorce espadas en círculo, creando el soneto acróstico circular.

—Uní, rimé y acerté —dijo Ana.

Mateo encajó el disco de metal en el centro. La R completó el soneto.

Al hacerlo, de repente, se desató la magia. Aunque no había nubes, cayeron catorce rayos, con sus catorce relámpagos y sus catorce truenos.

Todos se estremecieron, asustados. Pero nadie resultó herido.

Todos miraron a Mateo. Él había completado el conjuro. Solo él podía pedir los deseos. El joven herrero habló en voz bien alta:

—El deseo del reino: Que Felipe sea el rey más poderoso del planeta.

«Bien», pensó Quismondo.

—El deseo del tiempo —continuó Mateo—: Que el papa cambie el tiempo a su antojo.

«Perfecto», pensaron los pirofrailes.

Pero entonces el muchacho dijo el tercer deseo:

—El deseo del comercio: QUE EL CLIENTE NO QUEDE SATISFECHO.

Un silencio sepulcral. Y después gritos:

—¡Cómo que no quedemos satisfechos!

—¡Matadlos!

—¡Quemadlos!

Pero había otra información, un secreto. Algo que Quismondo y los pirofrailes no sabían.

Algo que Mateo, al haber leído el libro sin letras, sí conocía. Algo que Ana, gracias a Mateo, también.

Bemi el blemio, que abrió la puerta de la librería sonriente, sin capucha y sin cabeza, también lo sabía.

Y la altísima Némesis Mercurio, agitando las manos y diciendo «Venid», conocía ese secreto.

Todos ellos sabían que esas catorce espadas no eran catorce armas, sino un gran escudo.

Al forjarlas, terminarlas y ponerlas en círculo, no formaron ningún artefacto mortal. El legado final de Juan de Ycíar era un objeto protector.

Los ojos de soldados y pirofrailes estaban puestos en Mateo. Así que fue Ana quien alzó ese escudo, se cubrió a sí misma, a la cabra y al herrero. A pesar de estar formado por catorce espadas, casi no pesaba. Así de magnífica era la magia de Juan de Ycíar.

Ni las flechas de las ballestas, ni las antorchas lanzadas por los pirofrailes, ni siquiera la espada mágica de Lupercio Quismondo pudieron evitar que Eresma, Mateo y Ana, protegidos por el escudo de versos, atravesaran el claro y encontraran refugio seguro en la librería.

En el último momento, desde el interior, Ana quitó la letra central al soneto. El escudo se desarmó. Los dos chicos introdujeron las espadas melladas en el edificio de cristal.

La tierra tembló. Y, en un suspiro de hierba y raíces, la librería desapareció del claro del bosque.

Capítulo XIV

Libros, boca y corazón

Ya a salvo dentro de la librería, Ana y Mateo seguían nerviosos, sin aliento, con el corazón en la boca.

Némesis Mercurio, al contrario, parecía tranquila y contenta.

Agitó el papel con los sellos del rey y del papa.

—Este documento es muy importante. Tú, acéfalo —señaló a Bemi—, recuperarás el buen nombre y los títulos de la casa Ansúrez. Aunque te aconsejo que no muestres que no tienes cabeza.

—Esa es mi intención.

—Y que no llames la atención hablando por esa bocaza.

—Eso será más difícil.

La librera dio varias zancadas hasta una estantería y volvió con un libro para Ana. Era un ejemplar del *Cristalián,* la novela de Beatriz Bernal.

—El documento sellado te permite reimprimir este libro.

—Con su nombre —dijo Ana—. Con el nombre de doña Beatriz. Que todo el mundo sepa que ella lo escribió.

Némesis Mercurio se giró hacia Mateo.

—En cuanto a ti, el chico de las ideas. El que tiene las ideas que a nadie más se le ocurren. Este documento te libra de la cárcel. Y a tu maestro. ¿Regresarás a Segovia?

Mateo se encogió de hombros.

La librera continuó:

—Fue muy inteligente lo que hiciste con los deseos. Los dos primeros deseos se cumplirán. El rey se volverá poderoso. El papa dominará el tiempo. Pero ese deseo final... Que no queden satisfechos. Lo cambiará todo. Maravilloso. ¿Cómo se te ocurrió?

—Es lo que hacía maese Sandalio, el maestro herrero.

—Vale. Pero ¿cómo se te ocurrió utilizarlo en los deseos?

—No sé cómo se me ocurren esas ideas. Pero se me ocurren. A veces no salen bien. A menudo

me meten en problemas. Una de esas ideas me llevó a la cárcel.

—Ya. Eres un ladrón.

A Ana y a Bemi les costaba ver a Mateo como un ladrón.

—Soy un herrero. Robé para comer. Y para llevar comida a mis hermanos.

—Llevaremos comida a tus hermanos —dijo Némesis Mercurio—. Y podrás seguir junto a Sandalio. Pero antes tienes algo que hacer aquí.

—¿Aquí?

—Aprenderás a leer. Y tendrás acceso a todos estos libros.

A Mateo se le encendieron los ojos. En ellos había ilusión, pero también duda.

—¿Seguro? Juan de Ycíar, otro herrero, también estuvo aquí. Y fijaos lo que acabó provocando.

—Esta vez tendré más cuidado. Solo te enseñaré a leer. Te vigilaré bien. Y seré fuerte. Estricta.

Némesis Mercurio se estiró todo lo alta que era. Tensó los hombros. Cruzó los brazos. Afianzó las piernas. Astron se colocó a su izquierda. Eresma, a su derecha. Impresionaba. Parecía la sólida columna de una catedral.

—Puedo ser inamovible —dijo con voz poderosa—. Inflexible.

Y de verdad lo parecía.

Al menos hasta que Bemi dijo:

—Rodilla, rodilla, hombro, tobillo.

El blemio dio cuatro toques con su arco. La librera se desequilibró y cayó al suelo.

Mateo se quedó estupefacto. Ana, alucinada. Astron arrugó el hocico estrellado. Eresma trotó hacia un rincón con sus seis patas, nerviosa.

Némesis se levantó del suelo hecha una furia.

—¿¡Cómo te atreves, renacuajo!? —vociferó—. ¿Por qué has hecho eso?

—Hice... —balbució Bemi— hice lo primero que se me vino... a la cabeza.

Ana y Mateo lanzaron una carcajada al mismo tiempo.

Némesis entornó los ojos y suspiró, tranquilizándose.

—Eres increíble, Bemi —dijo Ana.

—¡Ah, entonces te hago gracia! —se ilusionó el blemio.

—No he dicho eso.

—Has dicho que soy increíble.

—Se me ha escapado.

—Eso es que eres un poco blemia.

—Nada de eso. Yo tengo cabeza.

Bemi agitó un dedo índice negando.

—No es una cuestión de cabezas —explicó—. Los blemios no somos blemios porque no tengamos cabeza. Así es como nos veis vosotros. Por eso nos llamáis acéfalos. Pero os equivocáis. Los blemios somos blemios porque tenemos la boca cerca del corazón.

Némesis llamó a Astron y se dispuso a pilotar la librería hacia Valladolid. Tenían todavía un buen viaje bajo tierra. Para devolver a Ana a la casa de huéspedes, con doña Juana. Para que Bemi, aunque tuviera que esconder su condición de blemio, retomara la posesión y el buen nombre de la casa Ansúrez.

Y quizá sí, quizá Ana era un poco blemia. Porque sintió que en ese momento tenía la boca cerca del corazón. Y se atrevió a preguntar a Némesis Mercurio un deseo que le hormigueaba en el pecho.

—Señora Mercurio, ¿podemos hacer el viaje de vuelta fuera, con usted? ¿Podemos cabalgar la librería?

—¿Fuera? ¿Conmigo? Os mancharéis de polvo y humedad —avisó la librera.

—No importa —insistió Ana.

—Os rozarán las estalactitas.

—No importa —repitió Mateo.

—Si abrís la boca, os entrará un insecto o un murciélago.

—Sí importa —dijo Bemi.

Pero los tres se subieron al cuello de la enorme botella, en el exterior de la librería. Sintieron la vertiginosa velocidad del viaje, la tremenda amplitud del mundo subterráneo, el constante aleteo de los dragones topo, el polvo, la humedad, las estalactitas, los insectos, los murciélagos. Ana, Bemi y Mateo lo sintieron todo y, a pesar de eso, ninguno se protegió el rostro, ninguno cerró los ojos ni pensó, siquiera un segundo, en bajarse de aquella colosal nave de vidrio.

FIN

COLOFÓN ESTRAMBÓTICO

En 1580, apenas un par de meses después de que Mateo expresara sus deseos, Felipe II ganó la batalla de Alcántara, y con ella el derecho a ser heredero del trono de Portugal. En 1581 fue coronado rey de Portugal y, al unir en una sola persona los imperios portugués y español, se convirtió en el gobernante más poderoso del planeta.

Pero los portugueses nunca le aceptaron del todo, y años después se perdió esa corona.

Además, su Gabinete Sobrenatural no se hizo con las catorce espadas.

El rey no quedó satisfecho.

En 1580, gracias al deseo de Mateo, el papa Gregorio recibió el poder del tiempo. Pero no, como él pensaba, la capacidad de viajar en el tiempo, de adelantarse y volver atrás. Solo la posibilidad de modificarlo.

¿Cómo lo modificó? Creó un nuevo calendario. En 1582 cambió el antiguo calendario, llamado juliano, a uno nuevo, llamado gregoriano.

El papa modificó el tiempo, sí. Pero no quedó satisfecho.

Tan insatisfechos estaban el rey y el papa que intentaron no cumplir su parte del trato y retrasaron la publicación del *Cristalián*. Pero había un documento sellado y válido.

Mostrándolo una y otra vez, por fin en 1587, en Alcalá de Henares, se publicó la segunda edición del *Cristalián de España*. Por supuesto, contenía la parte preferida de Ana, *La aventura del lago de Larenta*. Pero lo más importante era la novedad de esa edición. Incluía por primera vez el nombre de su autora, Beatriz Bernal.

Su hija Juana y su criada lectora sí que quedaron satisfechas.

Comiença la historia de los inuictos y magnanimos caualleros don Cristalian de España, Principe de Trapisonda, y del Infante Luzescanio su hermano, hijos del famosissimo Emperador Lindedel de Trapisonda. Trata de los grandes y muy hazañosos hechos en armas, que andando por el mundo buscando las auenturas hizieron. Corregida y emendada de los antiguos originales, por doña Beatriz Bernal, natural de la muy noble villa de Valladolid. Dirigida a la Catholica Real Magestad el Rey Don Philippe nuestro señor.

CON PRIVILEGIO REAL.

Impresso en Alcala de Henares, en casa de Iuan Iñiguez de Lequerica. Año 1586.

A costa de Diego de Xaramillo mercader de libros.

Esta imagen pertenece al Cristalián de España.
A su segunda edición. Esa en la que, por fin,
aparece el nombre de Beatriz Bernal, su autora.

Puedes leer ambas ediciones
en la Biblioteca Nacional. Pero yo te recomendaría
hojear este libro en un sitio distinto, más apropiado:
la librería de Némesis Mercurio. Si la encuentras.
O te encuentra.